부케 토스였다.

꽃다발은 운명처럼
실라에게 내려앉았다

지드를 곁에 둔 쿠에나가
꽃다발을 던졌다.

커버 그림, 본문 일러스트 | **유우야**

제 12 장

흑백을 가리는 세상의 끝에서

The Slave of the "Black Knights" is
Recruited by the "White Adventurer's Guild"
as a S Rank Adventurer

9

제1화 평화는 길지 않다

세계에는 평화가 찾아왔다.

하지만 이건 폭풍 전의 고요일 뿐이다. 이를 아는 사람들은 장차 다가올 위기에 대비하고 있었다. 비록 사람의 무의식 속에 안정감을 작게나마 심어놓는 수준이었지만, 그래도 사람들이 불안감을 느끼지 않도록 했다.

덕분에 뉴스에서 연일 전쟁 소식이 들려오고 마을에서는 피난 훈련이 반복되었지만, 사람들은 크게 신경 쓰지 않았다.

웨이라 제국의 국민들도 비슷한 평화를 느끼고 있었다.

오랫동안 전화의 중심에 있거나 휘말려서 항상 누군가와 싸우던 강국이 겨우 한숨 돌리게 된 것이다.

가장 큰 흐름을 꼽자면, 지드가 제왕으로 즉위한 점이다. 내란 발생이 크게 줄어든 이유이기도 하다.

루이나는 당초에 전쟁으로 수익을 내는 자들이 이 평화 상태에 불만을 품지 않을지 우려했으나, 그건 기우였다.

웨이라 제국은 이들에게 얼마든지 일을 줄 수 있다. 수많은 나라를 속국으로 두고 있으며, 이에 따라 교통의 요지가 곳곳에 존재한다. 여기에 병력을 보내 통행세와 관세만 걷어도 상당한 금

액이 나온다. 게다가 관문의 경비를 세우면 스파이나 군사 활동, 도적 걱정을 줄일 수 있다. 밀수도 막을 수 있으니, 여러모로 이득이다.

남은 병력은 무역 상인의 호위로 이용하여 실전 경험을 쌓게 했다. 일자리 영역을 침범당한 모험가나 용병들에게는 반갑지 않은 일이었지만.

그렇게 군사들은 다양한 분야에서 분업하게 되었다.

그뿐만이 아니다. 평화로운 정세는 웨이라 제국이 기반을 다지는 데에도 유리했다.

웨이라 제국은 속국 하나하나에 역할을 정해뒀다. 식량, 공업, 경제 등. 필요하면 원조하고, 필요하면 보호한다.

그러나 오랫동안 이어진 전쟁으로 인해 타국 간첩의 방해 등이 발생해서 본래의 생산력과 경제력을 발휘하는 게 어려웠다. 그게 평화가 찾아오면서 다시 안정을 찾기 시작했고, 본래 역할을 최대한 발휘할 수 있게 되었다.

물론 웨이라 제국의 통치에서 벗어나려는 나라도 존재한다. 자국의 문화와 역사를 중시하며, 독립을 원하는 것이다. 웨이라 제국은 이들과 동화되기 어렵다고 판단하면 그들의 독립을 인정했다.

과거에는 무력으로 탄압했지만, 지금은 탄압으로 발생하는 소모와 국제사회의 비판을 의식하고 있다.

무엇보다도 제왕과 황후의 대화가 컸다.

「그들의 독립을 인정해야 할까, 제왕이여.」

「그게 사람들이 다치지 않는 길이라면, 그렇게 해야 하지 않을까?」

이로써 방침이 결정되었다.

아울러 독립을 바라면 이를 지원하는 제도도 만들었지만, 신뢰성이 문제였는지 그다지 호응은 없었다.

다만 제국에 남은 국가들은 제국의 경제 규모에 힘입어, 독립한 국가들보다 상대적으로 경제가 운택했다.

평화의 이면에 가려진 물밑 싸움도 여전했다. 일부 독립한 국가에서는 웨이라 제국이 빠지고 남은 정치권의 빈자리를 노리고 여러 세력이 충돌하는 일이 벌어졌다. 권력과 명성의 욕망에 빠진 자나 주변국의 외세가 얽히며 사망자가 나오는 사태도 있었다.

상황이 이렇자, 재합병을 요청하는 목소리마저 나왔다.

결과적으로 제국의 슬하에서 벗어나자는 목소리는 차츰 약해졌다. 제국에 유리하도록 말이다.

제국이 의도적으로 이런 상황을 만들기 위해 암약했다는 증거는 없지만, 이 모든 게 루이나의 계략이라는 의혹이 돌았다.

대륙에 평화가 찾아왔다지만, 힘이 없으면 살아남을 수 없다는 규칙은 여전했다. 세상의 구조 자체는 아직 변하지 않은 것이다.

물론 악명만 퍼져나간 건 아니다. 웨이라 제국은 국토의 지리적 특성으로 개발, 발전이 어려운 나라들을 상대로 군사 훈련 시설이나 자연환경을 이용한 관광지 개발 등, 다양한 지원을 했다. 그 과정에서 도로가 발달했고, 특산물 교역이 활발해지며 경제가 성장하기도 했다.

루이나는 '군사적 외교'라는 이미지가 있을 만큼 호전적이라서 내정에는 어울리지 않는 인물이라는 평가가 많았는데, 제국의 이득을 따지면 수완을 평가하지 않을 수 없었다.

하지만 대외적으로 이것들은 모두 새로 즉위한 지드의 공적이 되었다. 루이나의 방식이 크게 바뀐 것이다. 배우자의 체면을 세워주려 할 만큼.

◇

황금빛 모래사장.

오렌지색으로 빛나는 태양

파도 소리를 평온하게 연주하는 아름다운 바다.

나는 태양에 뒤지지 않을 만큼 선명한 붉은 머리카락을 가진 여자 옆에서 이 풍경을 바라보았다.

여긴 그녀—— 루이나 웨이라가 마음에 들어 하는 곳이다. 현재 이곳에는 우리와 극소수의 관계자만 체재하고 있다.

"지드, 입을 벌려라."

루이나가 덱 체어에 앉아 포크로 찍은 과일을 내게 내밀었다.

옆 테이블에는 과일들이 보기 좋게 늘어서 있었다.

"아~."

이 대사를 내가 하는 날이 올 줄이야.

갑작스러운 행동에 조금 당황했지만, 나는 얌전히 입을 벌렸다.

달콤한 과즙과 과육의 식감이 입을 가득 메웠다.

"어떤가, 맛있나?"

"응. 맛있어."

"그런가, 잘됐군."

루이나는 자기가 먹은 것도 아니건만, 만족스럽다는 듯 끄덕였다.

"그런데, 왜 그런 얼빠진 표정인 거지?"

"내, 내가?"

"그래. 설마 나는 '아~' 같은 걸 할 사람이 아니라고 생각했나?"

안이하게 거짓말해서 좋을 게 없다. 특히 이 고귀한 미녀 앞에서는.

"사실대로 말하자면…… 조금은."

최근에는 내 생각이 표정에 곧잘 나타나곤 했다. 막 함께 살기 시작했을 무렵에 느꼈던 긴장감이 사라지자, 이처럼 무표정이 깨지는 일이 늘어나기 시작했다.

"뭐 그럴 만도 한가. 하지만 난 방금 지드가 지은 표정도 좋다. 그 표정이 여차할 때는 멋있게 변하는 점이 특히. 그때는 나조차도 응석을 부리고 싶어지지."

그렇게 말하면서 루이나가 내 볼을 쓰다듬었다.

간지러운 느낌이 내 마음을 부드럽게 풀어냈다.

별생각 없이 시선을 아래로 향하니, 수영복 하나만 걸친 루이나의 선정적인 몸이 눈에 들어왔다.

지금은 이렇게 쉬고 있지만, 방금까지 바다에서 수영하고 있었다.

사실 나는 이때까지 수영이 서툴렀는데, 이곳에 와서 연습했다. 지금은 옆에 있는 섬까지 헤엄칠 수 있다. 몹시 만족스럽다. 루이나도 대단한 신체 능력이라고 칭찬했다.

"슬슬 몸이 식겠다. 뭔가 걸치는 게 좋겠어."

나는 그렇게 말하면서 덱에 걸어둔 겉옷을 루이나에게 걸쳐 줬다.

루이나는 옷을 내가 어깨에 걸친 그대로 내두었다. 시원시원한 스타일에 든든한 루이나에게 잘 어울렸다.

그녀는 뭔가 말하고 싶은 듯한 눈빛으로 대뜸 내 배를 만졌다.

"왜, 왜 그래?"

"단단하군."

"고, 고마워."

일단 고맙다고 했지만, 애초에 이건 칭찬인 걸까?

"쿠에나에게 들었다. 독을 먹어도 효과가 없다지? 혹시 감기도 안 걸리나?"

"어. 감기도 걸린 적 없어. 실라가 감기로 괴로워할 때 증상을 처음 알았을 정도야."

"후후, 이 튼튼함이 내 것이라 생각하니 기분이 좋군."

루이나가 황홀한 미소를 지었다. 요염한 분위기가 몹시 위험하다……

"그, 그그, 그렇지."

나는 간신히 대답했다. 분명 내 얼굴은 새빨갛게 되어 있을 거다. 햇빛 탓이라고 착각하길 바랄 수밖에 없다.

루이나가 얼굴을 살짝 가까이 댔다.

입술 끝이 닿을 것 같을 때, 모래를 밟는 발소리가 뒤에서 들려왔다.

"저기요~, 마실 것을 가져왔어요, 주인님."

목소리가 몹시 불만스럽게 들렸다. 쿠에나 웨이라였다.

루이나의 동생으로, 언니와 똑같이 빨간 머리카락에 반듯한 얼굴을 가지고 있다. 지금은 약간 노출이 많은 메이드 수영복(?)을 입고 있다.

루이나의 취미라는데, 이 얼마나 훌륭한 디자인인가.

그녀의 손에는 마실 것을 얹은 트레이가 있었다.

"그래, 수고했다. 거기에 둬라. 방해꾼이 끼어들었지만, 마저 하지, 지드."

"방해꾼이라니! 네가 마실 것 좀 가져오라고 시킨 거잖아! 애초에 이 신혼여행에 따라오라고 한 것도 너잖아!"

쿠에나의 분노에 호응해서 빨간 머리카락이 곤두섰다.

백수의 왕을 방불케 했다.

"어쩔 수 없잖나. 이곳에 머무는 게 우리뿐이라고는 해도, 인간 최대 국가의 제왕과 황후가 모여있다. 호위와 메이드가 꼭 필요하지. 그 두 가지 일을 겸임할 수 있는 자를 데려오는 건 당연한 이야기다. 뭐, 넌 둘 다 어중간하지만."

"어중간?! 신혼여행이라길래 기껏 사람이 참고 있는데……!"

쿠에나가 주먹을 세게 쥐었다. 루이나의 말을 들을 때마다 그 주먹에서 불꽃이 뿜어져 나왔다.

내 속은 초조함으로 가득했지만, 루이나는 아랑곳하지 않았다.

"자신의 미숙함은 받아들일 줄 알아야지. 애초에 너는 우리 둘의 '사랑의 보금자리'에 얹혀있는 신세 아닌가? 식객이 불평하지 마라."

"큭, 듣자 듣자 하니까……! 호위를 화나게 하면 어떻게 되는지 가르쳐주지!"

쿠에나의 손에서 폭발적인 불꽃이 일었다.

분위기가 고조되었을 때 내 배에서 '꼬르륵~'하고 밥을 재촉했다.

두 사람의 시선이 나에게 쏠렸다.

나는 부끄러워하면서 배를 문질렀다.

"미안. 뭔가 좋은 냄새가 나서."

그 말을 듣고 루이나가 코를 살짝 움직였다.

"듣고 보니 그렇군."

"호랑이도 제 말하면 온다더니."

"밥 다 됐어~!"

모래사장을 달리니 큰 가슴이 탄력을 지니고 위아래로 흔들렸다.

매력적인 몸매에 얼굴도 예쁘다.

실라 또한 메이드 수영복을 입고 있었다.

이 얼마나 멋진가.

이미 예술의 영역이다.

그때, 양쪽 볼에 아픔이 느껴졌다.

"어딜 보는 거지?"

"뭘 보고 있는 걸까?"

"제, 제헝함다(죄송합니다)."

내가 사과하자 다시 자매간에 날카로운 시선이 교차했다.

"이봐, 난 신혼여행 중이니까 꾸짖을 권리가 있다지만, 네게 그럴 권리가 있나?"

"뭐어? 당연히 있지."

"네게? 저런 능력 있는 메이드라면 나도 좋다. 천진난만한 성격에 뛰어난 가사 실력. 궁에 두는데 흠잡을 이유가 없지. 그런데 그에 비해 쓸모없는 이 메이드는 구시렁구시렁 불평이 많군."

루이나가 말하는 '쓸 만한 메이드'는 실라다. 시선이 그쪽으로 향해 있었다.

반대로 '쓸모없는 메이드'는 쿠에나다. 시선이 그쪽으로 가지도 않았다.

"오호, 좋아. 차라리 그냥 한번 붙자. 지금 여기서."

쿠에나의 이마에 핏대가 섰다. 아무래도 인내의 한계를 느낀 듯했다.

당연하지만 1:1 전투력은 쿠에나가 더 높기에, 그 대단한 루이나도 식은땀을 흘렸다. 기념으로 온 신혼여행이니 평소보다 말을 과하게 해도 용서 받을 줄 알았을 것이다.

"응, 밥."

허를 찌르는 작은 목소리와 함께 갑자기 나타난 기척에 놀라 쿠에나의 분노가 안개처럼 흩어졌다. 유이였다.

이 사람도 훌륭한 의상을 입고 있는데, 지금 쿠에나와 루이나가 날 째려보면 죽을 것 같으니 입을 다물었다. 시선도 떨구자.

"오~ 오~, 유이도 배가 고픈가. 좋아, 돌아갈까."

루이나가 일어나서 별장 쪽으로 발길을 옮겼다. 가는 도중에 쿠에나가 들고 있는 트레이 위의 마실 것을 집어서 입을 댔다.

"훗, 수고했다."

"짜증 나……."

"모처럼 가져왔으니까 마신 거 아닌가."

"알고 있지만! 뭔가 위에서 내려다보는 태도잖아."

"실제로도 상전이다."

쿠에나는 불타는 듯한 머리카락과 잘 어울리는 화난 표정을 짓고 있었다.

그렇게 루이나는 유이와 실라를 데리고 그대로 별장으로 향했다.

쿠에나는 내 쪽으로 다가왔다.

"나는 이러고 계속 메이드 일 하기 싫거든?"

쿠에나가 내 얼굴을 들여다보듯이 고개를 갸웃했다. 얼굴이 엄청 예뻐서 아무렇지도 않은 동작 하나하나에 매력이 느껴졌다.

"루이나가 말이 너무 심하긴 했지. 나중에 내가 말해둘게."

"그건 딱히 상관없어. 내가 너희를 방해해서 심술을 부리고 싶어졌겠지."

"그런가?"

쿠에나와 루이나의 관계는 내가 봐도 신기하다. 분명 눈에 보이지 않는 인연으로 서로 이해하고 있을 것이다.

루이나는 사람을 다루는 게 뛰어나다. 쿠에나의 메이드 실력을 키우고 싶다면 (본인의 의향도 중요하지만) 굳이 실라를 비교 대상으로 들어서 도발할 필요는 없다.

내가 의도를 파악하지 못하고 있으니, 쿠에나가 머리카락을 만지작거리면서 몸을 비비 꼬았다.

"내가 하고 싶은 말은…… 그, 루이나에게 선수를 빼앗겼지만……."

그때 난 그녀의 진의를 이해했다.

나한테는 너무 당연한 일이라서 말로 표현하지 않았지만, 그녀는 확실하게 말로 해줬으면 하는 모양이다.

"그래, 꼭 결혼하자."

메이드 일이 싫다는 건, 메이드가 아니라 결혼 상대로서 함께 있고 싶다는 의미다.

"그렇게 정면으로 확실하게 말하면 내가 부끄럽다고!"

쿠에나가 볼을 빵빵하게 부풀렸다.

말하기 어려워하던 걸 내가 간단히 주저하지 않고 말해서 수줍어하는 것 같았다. 언성을 높인 건 부끄러운 걸 숨기기 위해서일 것이다.

"긴장을 풀면 안 될 것 같아서."

"뭐, 루이나와의 신혼여행은 힘들 것 같으니까 봐줄게."

"히, 힘들진 않은데……."

내심 내가 루이나를 무서워하는 걸 알고 있다.

쿠에나에게 눈속임은 통하지 않는다. 루이나와는 또 다른 감이 있다.

"그리고 지드, 가끔 다른 곳을 보고 있는 것 같은 느낌이 들어."

"그래?"

난 이 신혼여행을 즐기고 있다. 다른 곳에 정신을 팔 생각은 없었다.

하지만 쿠에나가 그렇게 말한다면 분명 그럴 것이다.

"루이나도 짜증이 조금 난 거 같아. 더 집중하는 편이 좋을 거야."

"그래, 알았어."

나 역시 루이나의 기분을 상하게 하고 싶진 않다. 나중에 무슨 짓을 당할지 알 수 없으니까.

내가 계속 그러면 온갖 방법을 써서 신혼여행에 집중하게끔 만들려 들 것이다. 그건 그거대로 좋지만, 다른 곳에 마음을 빼앗기지 않도록 해야겠다.

　이런 식으로 생각하면서도, 쿠에나의 충고는 나뿐만 아니라 루이나 역시 배려한 충고라고 생각했다.

　이 두 사람의 관계는 잘 모르겠다.

　그 침대는 킹사이즈보다 더 컸다.

　따스함이 안심감을 가져다줬다.

　왜 이 남자와 있으면 이렇게까지 편안한 걸까.

　친가족들도 믿을 수 없다. 집에서도 방심할 수 없다.

　그래서 난 강하게 살아왔다.

　그런데, 이대로 가면 내 정신이 빠져버릴 것만 같다.

　하지만 분명 그가 어떻게든 해줄 것이다.

　그는 내 앞에서 상반신만 일으키고 있었다.

　수영복보다 더 살을 드러낸 모습으로.

　그런 그의 눈은 내가 아니라 다른 쪽을 보고 있었다.

　잠들어 있는 유이다.

　사랑스러운 그를 꼬옥 안았다.

　"신혼여행 중이다. 다른 여자에게 정신 팔지 마라, 지드."

"그러면 애초에 유이를 데리고 오지 않는 편이 낫지 않았어?"

"쓸쓸해하니까."

무심코 그런 속마음이 새어 나왔다.

표면적으로는 호위라고 했지만.

하지만 그런 건 들켰던 모양이다.

지드는 딱히 의외라 여기지 않고 대화를 계속했다.

"쿠에나랑 실라도 데려와줘서 고마워."

"그 녀석들은 메이드 겸 호위로 쓰기 위해서 데려왔다."

"그런 것 치고는 자유시간이 많았지. 아름다운 경치를 보여주거나 같이 수영하기도 했고."

"일이 있으면 전력으로 부렸을 거다."

"나한테는 함께 추억을 쌓는 것처럼 보였는데?"

지드가 미소 지었다.

정말이지, 이 남자는.

지드의 말대로다. 나에 대한 불만이 쌓이면 성가시니까 이런 일도 중요하다. 만약 저 동생이 힘으로 날 누르고자 든다면, 나는 어쩔 도리가 없을 거다. 물론 그럴 사람은 아니지만, 불만이나 분노가 쌓이면 어떻게 될지 모르는 일이니까.

그리고…… 그녀들을 데려온 건 수행원으로 쓰는 것 외에도 조금은 친해지고 싶다는 마음도 있었다.

"하지만 모처럼 미녀와 미소녀에게 둘러싸여 있는데 네 눈은 어딘가 다른 곳을 보고 있는 것 같군."

화제를 바꾸기 위해 지드의 위화감에 대해 지적했다.

가끔 엿보이는, 먼 곳을 보는 듯한 눈.

신혼생활에 마음이 들뜨지도, 그렇다고 우리를 무시하지도 않는다. 다만 혼자서만 뭔가를 안고 있는 듯한 눈이었다.

"그런가……."

짚이는 데가 있는지 지드의 시선이 내려갔다.

남편 나름대로 반성하고 있는 모양이다. 혹은 원래부터 반성하고 있었던 것처럼 보이기도 했다. 아마 쿠에나가 이미 한차례 지적했겠지. 그 녀석은 눈치가 빠르니까.

"난 네 여자다. 모를 리가 없지."

"응. 그만큼 중요한 일이라서……."

그 말에 짜증을 느꼈다.

아아, 난 정말 그를 좋아하는구나.

설령 혼자 안고 있는 일이 아무리 중요하다고 해도, 나 이상으로 중요해서는 안 된다.

격렬한 질투가 가슴을 꿰뚫었다.

아픔과 준동하는 고동을 얼버무리듯이 지드를 밀어서 넘어뜨렸다.

"나보다 중요한 건 없다는 걸 가르쳐주지."

햇볕이 눈 부시다.

나는 아침에 일찍 일어나는 편이지만, 유이는 잠꾸러기라서 함께 지내는 사이에 나도 일어나는 게 조금 늦어졌다.

해도 이미 중천에 걸려있었다. 휴일이라고는 해도 너무 긴장을 늦춘 걸까.

지드도 포함해서 우리의 아침 식사는 늦은 편이었다.

"어젯밤에는 꽤나 재밌게 놀던데요."

쿠에나가 상을 차리면서 싸늘한 눈으로 쏘아봤다.

지드가 허둥거리면서 입을 열었다.

"앗, 드, 들렸나……?"

"한번 말해봤을 뿐이야. 이렇게 방음이 돼 있으면 아무것도 안 들려."

"허, 허풍이었나……!"

지드가 비명 같은 목소리로 말했다. 그는 몰랐으면 했던 걸까. 그것도 새삼스러운 것 같은데.

아니면 죄악감일까. 그녀들을 내버려 두고 나에게 기울어서.

이런 상황에 장난을 치고 싶어지는 건 인간의 본성이다.

"어쩔 수 없지. 아무튼 난 지드의 아내니까."

"뭐가 아내야. 도둑고양이를 잘못 말한 거겠지."

"하하, 말은 잘하는구나."

나와 쿠에나 사이에서 불꽃이 튀었다.

하지만 그 이상으로 과열되는 일은 없었다.

"있잖아, 전달용 매직 아이템이 울리고 있는데!"

실라가 말했다.

그 매직 아이템은 작은 책상에 놓을 수 있을 정도의 크기에 직각으로 꺾여 있고 반투명하고 얇았다.

전달용 매직 아이템은 제도와 직접 연결되어 있어서 상대편과 연락할 수 있다.

하지만 지금은 사적으로 노는 중이라 긴급할 때 외에는 쓰지 말라고 권고했다.

모처럼 평소의 정신적 피로를 풀려고 왔으니, 업무 연락은 되도록 피할 생각이었다.

안 그래도 제왕 퇴위와 즉위 두 가지 일이 있어서 바빴는데…….

하지만 상대도 그걸 모를만한 사람이 아니다. 즉, 정말로 긴급 사태가 발생한 것이다.

책상과 접한 쪽을 만져 조작해서 상대편과 연결했다.

얼굴이나 배경은 비치지 않았다. 물론 얼굴이 비치는 매직 아이템도 있지만, 도청 방지나 접속 안정성 등을 고려해서 기능성을 중시한 것을 가지고 왔다.

제왕과 황후가 소수의 수행원과 함께 행동하고 있다는 게 알려져도 득이 없다.

"무슨 일이냐."

"죄송합니다. 연락은 삼가려고 했습니다만, 긴급 사태가 발생했습니다."

내가 단적으로 말하니 연락한 사람은 약간 당황한 듯했다. 내 노여움을 사는 것보다 상황의 심각함에 떨고 있는 것 같았다.

"용건을 말해라."

"네. 마족 퀴츠령이 다시 습격받았습니다. 상대는 수인족이며 양자는 긴장 상태에 들어갔습니다."

그 말을 듣고 '그렇군'이라고 대답했다. 확실히 긴급 사태다.

예전의 내 눈에는 다른 종족의 항쟁은 이익으로만 보였다. 싸울 때 치면 큰 이익이 된다.

하지만 지금의 난 다르다. 아스테라에 대해서 알아버렸다.

여신이 나의 소중한 사람에게 위해를 가하려 하고 있다.

이번 습격도 책모의 일환일 것이다.

자연스럽게 '어떻게 하면 유리하게 행동할 수 있는가'보다 '어떻게 하면 남편에게 도움이 되는가'를 생각했다.

갑자기 지드의 목소리가 들렸다.

"길드 카드로 리프한테서 연락이 왔어. 나한테 엘프령으로 오래."

"그쪽도 정보를 파악했군."

문득 쓸쓸한 기분이 복받쳤다.

아아, 이제 헤어져야만 하는 건가.

어쩔 수 없는 일인데 마음에 구멍이 뚫린 듯한 기분이다.

그런 내 심경을 이해해서인지 지드가 유감스러운 듯한 얼굴로 말했다.

"신혼여행은 이번 일이 해결되면 이어서 해야겠네."

나도 꽤나 연약해졌다.

옛날엔 '난 분명 혼자 살아가겠지'라고 생각했다. 결혼 같은 건 하지 않고 제국의 주춧돌을 무덤으로 삼을 각오를 하고 있었다.

그런데 한 남자에게 간단히 마음이 흔들릴 줄은 상상도 못 했을 것이다.

"꼭이다."

목소리가 조금 높아졌을까.

이렇게 약속함으로써, 난 자신의 약점을 드러내고 있는 것 같다고 생각했을지도 모른다.

하지만 지드가 고개를 끄덕이는 걸 보고 그런 아무래도 상관없는 생각은 자연스럽게 사라졌다.

"잠깐만, 난 이제 메이드 같은 건 사절인데."

옆에서 쿠에나가 그런 말을 했다.

나는 엘프 마을 입구 부근에서 우리를 기다리던 사람과 만났다.

실레 알루아였다. 광택이 있는 은색 머리카락, 녹색 눈은 자연이 풍성한 곳에 사는 엘프다움이 느껴지게 했다.

그녀는 엘프의 수장이다. 젊어 보이지만 인간과는 사는 시간이 다르다.

"오랜만이에요, 지드 씨."

"그래, 오랜만이야."

과거의 엘프는 현로회라는 조직이 좌지우지했다.

그들이 사라진 이후로 실레가 엘프를 다스리고 있다. 그렇다기보다는 원래 실레가 수장 같은 자리에 있었다고 하니 원래대로 돌아왔다고 해야 할 것이다.

"어떤가요? 엘프 마을은?"

실레는 기대하는 눈치로 엘프 마을 안으로 날 안내했다.

길거리에 오가는 사람이 많다. 예전에는 사람이

다가오지 못하게 하는 휑한 분위기였는데, 많이 바뀌었다.

"분위기가 활기차졌네."

"네, 꽤 많이 바뀌었어요. 저거 봐요, 저 카페는 한 달 전에 생겼어요."

"오호, 그거 대단하네. 다음에 가볼게."

"……치이. 별로 안 바뀌었다고 생각하는 거 아니에요?"

아무래도 알아차린 것 같다.

심플하게 칭찬하고 싶었지만 들켜버렸으니 어쩔 수 없다.

"그야 바로 석 달 전에 다른 의뢰로 와서 봤으니까."

엘프 마을에는 자주 오고 있다.

여긴 자연이 풍성한 곳이라서 마물도 많이 있다.

신수의 가호가 있다고는 해도 모험가 길드 엘프 지부에는 많은 의뢰가 들어왔다.

너무나 방대한 수의 의뢰를 해결하기 위해 나도 일하러 오는 경우가 있다.

"석 달은 저희가 보기에는 한순간이에요. 그 정도밖에 안 되는 시간에 이만큼 변할 수 있는 건 대단한 일이라고요? 그러니 지드 씨가 변해가는 엘프 마을을 지켜봤으면 좋겠어요."

아까도 말했듯이 엘프는 인간보다 훨씬 오래 산다.

지금까지 살아온 내 인생은 그녀들의 유소년기보다도 짧다.

석 달이라는 시간은 그녀들에게 찰나이며, 그 한정된 시간에 뭔가를 해내는 건 대단한 일이다.

"크크, 그 남자를 홀리는 건 피하는 편이 좋을 게다."

익숙한 목소리가 들렸다.

보라색 머리카락이 무릎까지 뻗어있었다.

커다란 금색 눈동자가 귀여운 몸집이 작은 여자.

내 인생을 바꾼 사람이기도 한 길드마스터 리프다.

"호, 홀리다뇨……!"

"옆에서 보면 꼬시는 것 같았다고. 그것도 적극적으로."

"그러니까 그럴 생각은 없어요!"

실레는 큰 목소리로 부정했다.

리프가 날 봤다.

"여, 갑자기 불러서 미안하구먼~."

"아냐, 괜찮아."

"정말인가? 꽤나 좋은 곳에서 신혼여행을 하고 있었다면서. '방해하고 말이야!'라고 생각하고 있는 건 아닌가?"

걱정하듯이 하는 말과는 반대로 리프의 입은 히죽히죽 웃고 있었다. 그 시선은 실레가 있는 곳을 향하고 있었다.

"아아, 그러고 보니 신혼여행이었군요. 결혼하셨었죠. 축하해요. 엘프 마을을 구해주신 은인이니 제 일처럼 기쁘네요."

어쩐 실레의 눈이 무섭다. 그녀에게서 검은 오라가 감돌았다. 말에도 감정이 담겨있지 않았다.

"겨, 결혼했다는 말은 전에도 했고, 축하도 이걸로 두 번째인데……?"

"죄송해요. 저와 동생도 도움을 받는데 기억이 안 나서요."

역시 전체적으로 압력이 굉장하다.

잊어버린 것에 책임을 느끼고 있는 걸까. 난 전혀 신경 안 쓰지만. 그런 말을 하는 것조차 귀찮아졌다.

일단 다른 화제로 넘어가자…….

"그래서 날 부른 이유는?"

"흠, 다른 사람의 눈은 있을 것 같나."

리프가 일대를 둘러봤다.

"탐지 마법을 쓰고 있어. 괜찮아."

"미안하구먼. 모험가 길드도 사람의 많이 드나들게 되어서 이런 변두리에서 말하는 편이 오히려 안전해."

그만큼 번성하고 있다는 뜻이니 기쁘기도 할 것이다.

"증개축하느라 바쁜 것 같네."

"그러게나 말이다."

"다음에 지드 씨가 방문하실 때는 완성되어 있을 거예요. 어차피 몇 달쯤 뒤겠지만요."

실레가 입술을 삐죽 내밀었다.

"가능한 한 올게."

"꼭이에요?"

"그래."

평소엔 요정 공주라 불리며 존경을 받지만, 가끔 이런 본모습이 엿보여서 귀엽기도 했다.

서 있는 모습은 씩씩하고 성품도 좋지만, 당장이라도 땅에 글자를 쓰거나 그림을 그리며 삐질 것 같다.

"그래서 그대를 불러낸 이유 말인데. 실은 당분간 여기서 대기했으면 하네."

"대기?"

난 앵무새처럼 말을 그대로 해서 의문을 던졌다.

"네. 리프 씨와 제가 중립 세력으로 동석한 자리에서 수인족과 마족이 대화했어요."

"이번 습격 건인가?"

"네. 전쟁으로 발전시키지 말자고 제안했고, 결과적으로 양측 모두 합의했습니다."

약간 의아했다. 이미 싸움을 시작했는데, 본격적으로 충돌하기도 전에 협정이 오간다니?

심지어 중재한 모험가 길드와 엘프족의 체면을 생각하면 협정을 파기할 가능성도 적다.

　그렇다면.

　"처음부터 습격이나 침략이 목적이 아니었다는 건가?"

　"어느 정도 예상은 하지 않았는가. 아스테라의 책략이네."

　"전쟁을 일으켜서 혼란을 초래하려 했다고?"

　"음. 하지만 수인족과 마족은 여신 아스테라에 대한 정보를 이미 공유한 상대이지. 그 녀석들도 무턱대고 행동하고 싶지는 않을 걸세."

　리프가 물밑에서 움직이고 있다는 건 알고 있었지만, 사태가 상당히 깔끔하게 수습돼서 놀랐다.

　"다짜고짜 쳐들어간 범인은 잡았어?"

　"음. 다만 정신 착란 상태여서 무슨 일이 일어났는지 자백받는 건 어려울 것 같네."

　"그런 상황에서 용케도 퀴츠 측이 납득했네."

　"납득할 수밖에 없는 상황이니까요. 게다가 수인족 측이 피해를 훨씬 웃도는 지원을 약조했어요. 수인족 사회는 강자 우대이니 '당한 녀석이 잘못'이라는 논리가 나올 줄 알았는데, 조금 의외였어요. 그들도 꽤 많이 바뀐 것 모양이네요."

　요컨대 당장 급한 문제는 모두 해결됐다.

　"그럼 난 여기 왜 온 거야?"

　"음. 그대는 아스테라가 어디에 있는지는 알고 있지?"

"정령계였지."

"그래. 정령이라 불리는 존재들이 사는 곳이 바로 아스테라가 사는 정원이네. 하지만 우리는 지금까지도 그곳으로 가는 법을 모르지."

리프가 거기까지 말하자 실레가 마법진을 전개했다. 과거에 현로회도 썼던 마법이었다.

"하지만 그 반대는 알고 있었어요. 저희 엘프는 정령 소환에 뛰어나니까요."

정령 소환.

엘프는 다른 종족보다 수가 적다. 하지만 정령은 강대한 존재이며 유색의 용종과 겨룰 만한 힘이 있다. 그게 바로 엘프가 소수민족이면서도 다른 종족에게 인정받는 이유 중 하나다.

게다가 직접 전투할 필요가 없으니, 인원이 줄어드는 일도 없다. 설령 전쟁이 나도 엘프의 목까지 칼날이 닿지 않는다. 그런 이유도 있어서 엘프 마을의 폐쇄적인 환경이 생겨났다.

"정령 소환이라……. 그걸로 가는 법을 간단하게 생각하면, 역소환인가?"

"오오, 정답이네. 반대로 우리가 날아가는 작전이네."

"그런 방법이 있나?"

아스테라에게 직접 간섭하는 건 어렵다고만 생각하고 있었다.

그런 방법을 쓸 수 있다면 아스테라를 타도할 때가 가까운 것이 아닌가. ……그렇게 생각했을 때 실레가 고개를 저었다.

"아뇨, 아쉽게도 그런 방법은 엘프에게도 없습니다."

"음, 없는가?"

"저쪽에 간다는 발상을 했던 사람 자체가 없지 않았을까요."

"애초에 정령계의 존재도 최근에 알았으니 말이지. 예전엔 정령도 인형처럼 만들어지는 것이라 여겨졌을 정도라네."

"존재를 알았다고 해도, 아시다시피 정령은 폭주하는 경우도 있습니다. 그러니 저쪽 세계는 위험하다는 인식이 강했죠."

그래도 호기심이 있는 녀석이 연구했을 법도 한데, 후세에 역소환 마법이 남아있지 않다는 걸 생각하면 실패로 끝났는지도 모른다.

아스테라가 아니었다면 나도 정령계에 가보자는 생각은 하지 않았을 것이다.

"그러면 이제 어떻게 해?"

"후후, 맡겨두게. 이 몸이 역소환 마법을 완성해 보이겠네. 실은 전부터 구축에 힘쓰고 있었지. 칭찬해라 칭찬해~."

양손의 엄지를 세우면서 나에게 향했다.

이젠 리프의 용의주도함에는 감복할 수밖에 없었다.

"그럼 내가 여기에 온 이유는 호위인 거군?"

"그걸 포함해서 아스테라의 감시에서 벗어나는 목적도 있네. 상시로 저해 마법을 여럿 펼치고 있는데, 대체 어떻게 보는 건지 원……."

아스테라와 접해온 사람들의 언질로 판명된 사실이다. 아스테라는 나에게 간섭할 수 없다. 보는 것도 듣는 것도 불가능하다.

이유는 내 체질 때문이라고 하는데…….

"즉, 내가 리프 근처에 있으면 연구가 들키지 않는 건가?"

"솔직히 말해서 상당히 어설픈 계획이에요. 지드 씨가 여기에 있다는 사실이 오히려 눈길을 끄는 결과가 나올 수도 있어요. 아스테라도 우리 계획을 알고 있다고 생각하는 편이 좋겠죠."

"음. 하지만 다소 노골적이더라도 단숨에 추진해야만 하네."

아스테라는 마족과 수인족의 항쟁을 유발했다. 이젠 아스테라가 대륙 전토에 적의를 드러내고 있다는 건 확실하다.

실제로 지금까지도 파괴 활동에 주저가 전혀 없었다. 저항 세력을 강제로 없애려고 하는 건 틀림없으며, 그 말은 곧 리프의 죽음을 의미했다.

그렇다면 난 리프를 지킬 따름이다. 리프는 나에게 소중한 사람이고 절대로 잃고 싶지 않은 사람이니까.

"그러면 술식 개발까지 시간은 얼마나 걸릴 것 같아?"

"그것만큼은 대천재인 이 몸도 모르겠구먼. 노력하겠네만, 어쩌면 생각 외로 장기전이 될지도 모르네."

리프도 분명 휴가 중인 날 불러낸 건 본의가 아니었을 것이다. 하지만 그런 리프가 계획을 진행했으니, 어느 정도는 끝이 보이고 있을 것이다.

"알았어. 내가 반드시 지킬 테니까 리프는 안심하고 마법 구축에 임해줘."

"믿음직하구먼. 그럼 확실하게 지켜주게."

리프가 작은 주먹을 내밀었다.

나도 주먹으로 그에 응했다.

◇

나—— 실레 알루아는 지드 씨와 길을 걷고 있었다.

이 길도 이전에는 산들바람 소리가 두드러졌었다. 사람의 목소리도 그다지 들리지 않았고, 다소 폐쇄적인 공간이었다.

하지만 지금은 몹시 붐비는 곳이 되었다.

특히 대륙 각지에서 진귀한 것을 가져오는 여행자나 엘프의 특산물을 파는 노점, 거리 공연가 주위는 사람들로 넘쳐났다.

옆에서 걷는 지드 씨도 즐겼으면 하는데, 왠지 사양하는 느낌이었다.

"정말 괜찮아?"

"뭐가요?"

"정말로 너희 집에 묵어도 되는 건가 싶어서."

"네, 부디 저희 집에 묵어주세요. 라나도 예전부터 그러길 바랐어요. 리프 씨가 마법을 구축하기 위해 쓰는 곳도 집과 가까우니까 오히려 저희 집에 체재해야만 만일의 사태에 대비할 수 있다고요."

그런 이야기를 하고 있으니 우리 집에 도착했다.

문을 열고 안으로 들어갔다. 지드 씨도 따라왔다.

거실에서 작은 얼굴이 불쑥 보였다. 나와 같은 은색 머리카락에 나와 다른 파란 눈동자.

"와~! 오랜만이야, 지드 씨!"

"오랜만…… 크흭!"

라나가 지드 씨에게 달려들었다. 어떻게 보느냐에 따라서는 전투로 착각할 만한 돌격이었다.

석 달은 우리 입장에서 보면 한순간.

겨우 그 정도의 시간이 지난 정도로 '오랜만'이라는 말은 쓰지 않는다. 어지간히 기다린 사람이 아니라면.

지드 씨는 분명 그걸 모를 것이다.

"얘, 라나. 폐가 되잖니."

"에헤헤. 죄송합니다."

라나는 지드 씨보다 몇 배나 더 살았다.

하지만 옆에서 보면 나이 차이가 나는 남매처럼 체격 차이가 났다. 그게 엘프와 인간의 차이를 나타냈다.

"난 괜찮아."

"역시 지드 씨! 몸이 튼튼하지~!"

"그래, 단련되어 있으니까."

라나가 지드 씨의 가슴팍을 만졌다.

이런 스킨십을 주저하지 않는 점은 대단하다. 난 정숙하게 살려고 노력하고 있으니 이렇게까지 적극적으로 움직일 수 없다.

"아, 맞다. 지드 씨."

"응?"

라나가 한 걸음 떨어졌다. 그리고 히죽거리던 얼굴이 수줍음을 보였다. 동성인 내가 봐도 '귀엽다'고 느끼는 분위기를 자아냈다.

"목욕할래요? 저녁 드실래요? 아·니·면 나?♡"

귀엽다. 확실히 귀여웠지만······.

몸을 비비 꼬고 양손을 꼭 쥐고 얼굴 가까이에 대기도 했다.

그러고 보니 요즘 방에서 계속 혼잣말이 들리는 것 같았다. 아마 이걸 연습하고 있었을 것이다. 위화감이라 할 만한 느낌은 없지만, 상당히 작위적이지 않을까.

이러면 아무리 지드 씨라도 경계하지 않을까 생각했지만.

"그럼, 라나로."

엄청 간단히 주문했어~!!!

거, 거짓말이지······?

아니, 그. 이 상황에 그런 선택을 할 수 있는 사람이었나?! 아니면 그런 생각이 든 거야?!

나도 모르게 놀라서 당황할 뻔했다.

"아자~!"

"실은 마침 가지고 있으니까."

"정말~, 지드 씨는 준비성이 좋다니깐!"

어? 가지고 있다니 뭘? 대체 뭘 가지고 있는 거죠?

라나도 얼굴을 빨갛게 물들이고 있는데······!

지드 씨가 날 살짝 봤다.

"실례도 같이 어때?"

그건 셋이 한다는 뜻인가요?!

나도 모르게 얼굴을 돌려버렸다.

"부, 불결해요! 마음대로 하세요!"

사실은 해보고 싶다. 하지만 갑자기 권유받으면 거절할 수밖에 없다.

후회가 천천히 마음을 좀먹었다.

둘은 날 두고 서둘러 방에 들어갔다.

……으으.

그 이후로 거실에 있다.

역시 신경 쓰인다.

둘이서만 뭘 하고 있을까.

지드 씨는 이제 막 집에 왔는데.

(아니, 잘 생각해 보니, 그렇지)

지드 씨에겐 집 안내를 하지 않았다. 어느 방에서 자야 하는지. 식사는 언제 하는지.

응, 그래. 이야기해야 해.

그러니 내가 라나의 방을 엿본 것도 딱히 불건전한 흥미가 있어서 그런 게 아니다.

힐끔.

방문은 작게 열려있었다.

안의 광경이 어렴풋이 보였다. 거기엔……

발가벗은 두 사람이 붙었다가 떨어졌다가……

라나의 작은 몸을 감싸듯이…… 하지는 않고.

"좋아, 내가 이겼네."

"으~~~, 졌다아아아!"

라나가 패 같은 것을 하늘로 던지며 분해했다.

패에는 다양한 마크가 그려져 있었고, 어떤 의미가 있다는 걸 상상할 수 있었다.

……이건!

"내 상상이랑 달라!"

나도 모르게 소리쳤다.

깜짝 놀란 눈치로 라나가 이쪽을 봤다. 들켜버린 것 같다.

"어, 언니? 왜 그래?"

"실례도 같이 할래?"

"아, 아뇨, 괜찮아요!"

라나를 골랐다는 게.

정말로 놀기 위해서였던 것 같다.

불결한 건 나였다…….

실레와 라나는 잠들었다.

수위의 졸린 듯한 하품과 야행성 마물의 기척만이 느껴지는 만월의 밤.

엘프 마을은 빛이 부족해서인지 하늘 가득 별이 보였다.

실레는 마을 발전에 힘쓰고 있지만, 난 이런 한적한 분위기가 좋다. 무리하게 시끄럽게 만들 필요는 없다.

엘프들도 갑자기 시끄러워지면 참을 수가 없을 것이다.

뭐, 그런 건 실레도 잘 알고 있을 테니 굳이 내가 참견할 일도 아니다.

땅을 파고든 큰 나무의 뿌리에 걸터앉으면서 하늘을 올려다봤다.

(이 아름다운 밤하늘을 누가 보고 있을까.)

정령계에도 똑같은 장소가 있을까.

"후~, 계속 집에 있으니, 몸이 굳는구먼."

뒤에서 리프가 왔다.

평소의 쾌활하고 높은 목소리가 아니라 뭔가 숨기는 듯한 낮은 목소리였다. 분명 밤이라서 그럴 것이다.

굳은 몸을 풀 듯이 어깨를 돌렸다.

"수고했어."

"음. 자, 노인의 어깨를 주무르는 건 젊은이의 특권이네."

그렇게 말하면서 리프가 내 앞에 오도카니 앉았다.

생기 있는 머릿결에 피부. 여자아이 같은 목소리.

"리프를 노인이라고 할 수 있나?"

딴지를 걸면서 리프의 어깨를 주물렀다. 딱히 굳은 것 같지는 않았다.

하지만 리프는 기분 좋은 듯이 목소리를 냈다.

"으~, 좀 더 안쪽을 주물러주게~."

"여기인가, 리프 아가씨."

장난스럽게 말했다.

그러자 리프는 기분 좋은 듯한 목소리를 그대로 내며 입을 삐죽 내밀었다.

"말했잖나. 이 몸은 두 세대나 전의 현자라고. 분명 자네의 할아버지나 할머니보다 나이를 먹었을 게야."

"정작 할아버지와 할머니 얼굴도 모르지만."

"크큭. 아스테라에게 가면 뭔가 알아낼 수 있을지도 모르지."

"몹시 새삼스러운 것 같지만, 기대하지. 그럴 여유가 있으면."

"그렇구만~."

정말로 갈 수 있는가, 아니면 갈 수 없는가.

그런 이야기가 아니다.

리프가 만든다고 했으니 역소환 마법은 정말로 완성될 것이다.

10년 후의 자신을 소환하는 마법 같은 것을 만들었으니 그런 일이 가능해도 이상하지 않다.

"아아, 그렇지. 일단 말해두자면 이 몸은 이제 얼마 안 남았네."

"뭐가?"

"수명 말일세."

갑작스러운 말에 호흡을 잊었다.

어깨를 주무르던 손이 멈췄다.

"수명이라니…… 리프, 몇 살이야?"

"숙녀에게 나이를 묻는 게 아니다. 열심히 젊게 꾸미고 있다고."

"농담으로 물어본 게 아니야. 리프라면 연명할 수단은 얼마든지 있잖아?"

자신의 목소리가 떨리고 있는 걸 깨달았다.

아무리 추워도, 아무리 무서워도, 아무리 괴로워도, 목소리가 떨리는 일은 없었다. 아니, 분명 인생을 살면서 몇 번인가 있었겠지만, 이젠 기억나지 않을 정도로 먼 옛날의 경험이었다.

"그런 방법이 있을 리가 없잖나. 인간은 수명에는 저항할 수 없어."

"하지만 레이니스는? 2대째 용사는 지금까지 살아있었잖아? 리프도 그 정도는…… 몇백 년은 살 수 있는 거 아냐?"

"아무래도 무리인 것 같네. 몸의 부위별로 수명이 있는데, 이 몸의 마력을 젊음으로 변환할 때의 부하를 더는 못 견딜 것 같아."

"그럼 다른 방법을……."

쉽게 포기하지 않는 건 내 장점이라 생각한다.

난 제멋대로다.

하지만 가능한 것과 불가능한 것이 있다는 것도 알고 있다.

그래서 추상적인 표현으로 리프에게 의견을 촉구할 수밖에 없다.

무력하다는 걸 알고 있어서 어떻게든 저항하고 싶다는 마음만이 전면에 나왔다.

그건 어쩌면 리프에게는 폐가 될지도 모르지만――.

"자네의 마음은 기쁘네. 하지만 미안하군. 자네보다 먼저 가게 될 거라네. 뭐, 저승에서 계속 지켜볼 테니 걱정 말게."

"누군가에게 수명을 연장하는 연구를 해달라고 할 수 없어? 마력 변환 외에 젊음을 되찾는 수단은 없어?"

"진작에 생각해 봤지. 지시도 내렸다네. 레이니스라는 사례가 있는 이상 불가능하진 않겠지."

"어째서…… 그럼, 그럼……!"

"10년 후의 자신을 소환하는 마법을 기억하고 있는가."

리프의 말투는 계속 온화했다.

어지러워질 것 같은 내 마음은 찬물을 맞은 것처럼 고요해졌다.

"그래, 기억하고 있어……."

"이 몸도 같은 걸 시험했네. 그 마법을 쓴 것이지. 하지만 결과는 아무 일도 일어나지 않았다. 그게 무엇을 의미하는지 알겠나?"

"10년 후의 자신이 없다고……?"

"음. 미래의 지드의 반응을 봐도 이 몸이 죽었다는 건 틀림없네. 그리고 그건 아마 역소환 마법을 완성한 뒤의 일이겠지."

"완성이라니, 언제?"

"이 몸의 수명에서 역산하면 뭐, 한 달 안이겠지."

싫다.

리프는 내 은인이다.

같이 있으면 정말 편안하다.

없어지면 분명 내 마음에 구멍이 뚫릴 것이다.

내가 죽을 때까지 살아있었으면 한다.

내가 죽어도 살아있었으면 한다.

"살 방법을 찾자. 역소환 마법을 연구하고 있을 때가 아니야."

"그렇게 슬픈 표정 짓지 마라."

리프가 뒤돌아서 내 양 볼을 작은 손으로 눌렀다.

내 입이 마음대로 움직이지 못하게 되었다.

양 볼이 압박되어서 혀와 이를 움직이기 어렵다.

이 이상 내가 말하는 걸 원치 않는다는 느낌을 받았다.

주옥같은 촉촉한 눈동자를 보고 깨닫고 말았다.

"미안하구먼. 정말, 미안해."

리프도 고민했을 것이다. 무모한 짓을 해서라도 자신의 수명을 연장하는 편이 낫다고.

하지만 만약 실패하면 어떻게 하는가.

"자네는 왜인지 친근해. 처음 만났을 때부터 처음 만난 것 같지 않은 느낌이 들었어."

리프가 없어지면 역소환 마법은 누가 연구하는가.

에이겔인가? 아직 태어나지 않은 신세대인가?

그 전에 내가 죽으면?

리프는 나보다 더 미래의 가능성을 생각하고 있다.

그런 리프가 지금밖에 없다고 예상했다.

자기 목숨과 바꿔서라도 할 수밖에 없다고.

"이 몸도 사실은 기쁨을 공유하고, 슬픔을 나누고, 쭉 곁에 있고 싶었다."

내가 억지를 부리면 리프는 멈춰버릴 것이다. 그래서 내가 말하지 못하도록 한 것이다.

그래도 난 억지를 부리고 싶다.

하지만 그 전에 제삼자의 기척이 나타났다.

"──여기에 있었나요! 큰일이에요!"

실레가 소리쳤다.

시간대 같은 건 신경 쓰지 않는다, 그럴 때가 아니다. 그런 모습이었다.

"웨이라 제국의 수도가 함락당했어요……!"

수도에는 루이나와 쿠에나, 실라가 있다. 거기에 유이와 네림도.

리프가 날 봤다.

"어떡할 텐가? 갈 건가, 지드?"

신중하고 살펴보는 듯한 영민한 눈빛.

아아, 그런가.

리프는 나에게도 각오를 요구하는 것이다.

……그렇다면, 그래.

"말했잖아, 난 리프를 지킬 거야."

"괜찮은가?"

"그래, 모두를 믿어."

"그런가."

리프가 안도한 듯한 얼굴로 날 봤다.

실레는 나와 리프의 이야기를 들으면서 여전히 숨을 씩씩거리고 있었다.

"하, 하지만 긴 엘프의 역사 속에서도 단 한 번밖에 소환하지 못했다는 강력한 정령이 제도에서 날뛰고 있다는 정보가……!"

"괜찮아, 실레."

내가 타이르듯이 말하자 실레의 기세가 사그라들었다.

괜찮다. 우리도 요 몇 달 동안 아무것도 안 한 게 아니다.

◇

웨이라 제국은 정령의 대규모 침공에 의해 함락당했다. 그중에는 검은 괴물 피가나모스도 있었다.

하지만 방위부대와 민간인을 포함해서 희생자는 종래의 전쟁 등과 비교하면 적으며, 사람들이 신속하게 피난을 끝내 빈 수도를 점령한 것에 불과하다.

"본처인 날 지켜라, 미혼 여자들이여!"

유이에게 업힌 루이나가 외쳤다. 그녀의 뒤로 쿠에나와 실라가 따라오고 있었다.

네 사람은 숲속을 달리고 있었다.

그녀들 뒤에는 거대한 황갈색 거미가 추격해 오고 있었다. 거미가 발끝이 땅을 찌를 때마다 나무가 흔들리고 뿌리와 바위에 구멍이 뚫렸다. 입에서 흐르는 독은 흙을 녹였고, 거미가 쏘아대는 거미줄은 제국군의 추격을 방해했다.

"겁먹어서 미쳐버린 거야?! 이 상황에서 우리를 도발해서 어쩌자고!"

"뿌우~."

"이거 봐! 실라도 뺨을 부풀리며 화내고 있잖아!"

"그거 아니야."

쿠에나의 말에 유이가 반론했다.

"그럼 뭔데?!"

"아까."

유이가 말을 끊었다.

"그렇게 말하면 몰라! 난 지드가 아니라고!"

"만들던."

"더 빨리 말해! 지금 농담할 때가 아니라고!"

"밥."

"어리석은 동생아, 조금만 더 기다려라. 유이가 이렇게까지 길게 말하는 건 드문 일이다."

루이나는 안달이 난 쿠에나에게 진정하라고 종용했다.

유이가 계속 말했다.

"볼."

"뒤에 저게 안 보여?! 뒤에서 정령이 다가오고 있다니까! 더 빨리 말해!"

"진정해라. '아까 만들던 밥 볼'까지 말했다. 조금만 더 들으면 된다."

그리고 유이가 마지막 한마디를 말했다.

"넣었어."

"그렇군. 화난 게 아니라 햄스터처럼 볼에 음식을 채워두고 있었군."

루이나가 얌전히 고개를 끄덕였다.

그리고 실라가 활짝 웃으며 양손을 펼쳤다.

"다 먹었다!"

"이 바보들을 어떻게 하면 좋아 진짜!"

쿠에나의 절규가 숲에 울렸다.

같은 때에 거미를 본뜬 정령의 진로가 크게 변했다.

제삼자에 의해 의도적으로 바뀐 것이었다.

"뭐 하는 거야!"

파란 머리카락의 소유자가 공간을 찢을 듯한 큰 목소리로 급히 불렀다.

네림이다.

"늦었잖아!"

"너희가 먼저 멋대로 흩어져서 그렇게 된 거잖아! 이 거미가 추격을 자꾸 방해한다고!”

“하핫! 됐으니까 전진해라! 임시 거점을 이미 지정해 놓았으니!”

다섯 명째 사람이 합류했고, 일행은 더더욱 숲 안쪽으로 나아갔다.

수도는 함락됐다.

하지만 웨이라 제국은 아직 멸망하지 않았다.

◇

임시 거점은 준수도급 도시인 아데날이었다.

원탁이 있는 회의실에 종이 다발이 빼곡하여 바닥마저 가득 메우고 있다.

그 방에 루이나와 쿠에나가 있었다.

“제국의 피해 상황은 어떤가?”

“꾸준히 반복한 피난 훈련 덕에 방위 계획은 순조로워. 하지만 그래도 민간인 피해자는 1,000명이 넘을 거야.”

쿠에나가 씁쓸한 목소리로 말했고 루이나도 떨떠름하게 눈살을 찌푸렸다.

“그런가.”

“그래도 다른 나라에 비하면 잘 싸우고 있는 편이야. 메토스타리아 왕국은 어떻게 됐는지 연락조차 안 되는 상황이야.”

메토스타리아 왕국은 인간 영토에서 가장 남쪽에 있는 나라다.

비옥한 대지에서 자란 강력한 기마병이 많다. 거리가 있어서 웨이라 제국과 직접 충돌한 적은 없지만, 만약 전쟁을 상정한다면 웨이라 제국이라도 전력을 다해야 한다.

하지만 그런 강대국조차 안위를 알 수 없는 상황. 루이나에게는 그다지 믿고 싶지 않은 소식이었다.

"혼란에 연락망이 두절 됐을 가능성은?"

"자세한 상황은 알 방법이 없어. 이 소식도 여기까지 흘러온 피난민을 통해 얻은 정보야. 사실상 멸망했다고 봐야할지도."

"쯧, 그렇게 경계하라고 일렀건만."

"걔들이라고 방심하고 있던 건 아니겠지. 상대가 너무 압도적인 거야. 웨이라 제국이 잘 버틴 편인 거지. 각 지방에 식량을 비축하고, 짐승길까지 모조리 정비해서 연락망을 깔고, 혼란에 빠지지 않고 피난민 유도까지 연습한 건 우리뿐이야."

이 공격은 모두 예상했던 일이다. 그래서 수도를 미끼로 삼은 것이다.

상징적인 곳을 잃은 건 뼈아픈 타격이지만, 미리 대비한 덕분에 제국의 중추와 연락망, 정무가 마비되는 건 막을 수 있었다.

이런 전투 분야에서의 가혹한 결단은 루이나의 특색이었다.

"그건 그렇지. 여기까진 수월했다고 봐도 되겠군. 반성은 나중이다. 지금은 적의 연계를 어찌할지 대책을 내놓아야 한다."

"적은 거의 군대처럼 움직이고 있어."

정령들은 대륙 전토를 침식할 기세였다. 정령의 압도적인 힘이

군대처럼 치밀하게 통솔되고 있기 때문이다.

수도를 내어주고 정령을 섬멸하는 제2안은 그게 밝혀진 시점에서 폐기됐다.

그마저도 상대는 아군의 계획을 파악하고 있는지 경계하는 움직임이 있었다.

"안녕하심까~."

하얀 머리카락을 가진 소녀가 방에 들어왔다.

쿠에나도 루이나도 그녀의 모습은 익숙하다.

"에쿠인가."

"수고했어."

"넵. 얻어왔어요~, 정보."

에쿠는 루이나가 어릴 때부터 키운 정보상이다. 우수한 인물이며 쿠에나에게도 정보를 제공하고 있다. 이번 정령 침공에서는 에쿠도 움직이고 있었다.

"정령들의 출처는 어디였어?"

"에델피아 삼림 지대임. C랭크 위험구역이죠."

"제국과 크제라 왕국의 국경 근처네."

"그러면 대처도 하기 쉽겠군. 바다나 하늘이었으면 이동 경로부터 고민해야 할 뻔했다."

루이나의 걱정이 하나 사라졌다. 루이나가 아무리 싸움을 잘한다고 해도 지금까지 상대한 적은 같은 인간. 인간의 상식을 벗어나는 미지의 전략에는 어쩔 도리가 없다.

"그게 말이죠. 아직 더 있슴다."

"뭐가?"

"사령탑 같은 녀석이 있슴다. 그 녀석이 대륙 전토의 지도를 표시하거나 그 지도를 써서 뭔가 지시했으니 거의 틀림없다고 생각함다."

"뭐, 그렇겠지. 그런 게 아니면 이 사태는 설명할 수가 없으니까."

아까의 대화를 떠올리면서 쿠에나가 수긍했다.

"……그래서, 그 사령탑이 아스테라인가?"

루이나가 진지한 표정으로 물었다.

상황에 따라서는 단번에 결판이 나는 이야기다.

에쿠는 떠올리듯이 위를 보고 약간 혐오하는 표정을 지었다.

"음~, 그게 여신이라고 생각하고 싶지는 않네요. 인간과는 거리가 먼 괴물이었으니까요."

"나도 아스테라는 아니라고 생각해. 당장은 정령계에 있는 편이 훨씬 안전하고 유리하니까."

"그런가. 하지만 사령탑은 조기에 칠 필요가 있지."

"그렇죠. 다른 정령을 무진장 만들고 있었으니 내버려 두는 건 추천하지 않슴다."

대강의 정보를 다 듣고 루이나는 잠시 시간을 뒀다.

"잘했다. 상은 뭐든지 주지. 원하는 게 있으면 말해라."

"이번엔 정말 아슬아슬했으니까, 보수는 넉넉하게 주세요. 그리고 가능하면 귀족으로 임명해주세요. 백장 정도로."

에쿠는 무거운 책임에서 해방되어 맥이 빠진 듯한 목소리를 냈다. 그만큼 생환하고 성공한 기쁨을 느끼고 있는 듯했다.

마음이 편해져서 제왕의 왕비에게 부담이 없는 걸 넘어서 무례한 말을 해버렸다. 당연히 귀족이 될 수 있을 것이라고는 생각하지 않았다.

하지만 루이나는 무겁고 깊게 수긍해 보였다.

"그래, 알았다."

"엑?! 저, 정말임까?!"

설마 허락할 줄은 몰랐는지 에쿠가 몸을 앞으로 내밀었다.

웨이라 제국의 백작이면 상당한 지위다. 귀족에게 주어지는 권한만으로도 방대한 경제력과 군사력이 수중에 들어온다. 백작쯤 되면 작은 나라의 왕이 된 기분일 것이다.

그건 가볍게 내줄 만한 게 아니다.

하지만 에쿠는 알고 있다. 루이나는 한 번 한 말을 쉽게 번복하지 않는다.

"잘됐네, 에쿠. ⋯⋯정말로. 여기에 돌아온 정보상은 너 하나뿐이야."

웨이라 제국의 첩보 기관도 포함해서, 라며 쿠에나가 덧붙였다.

얼마나 어려운 임무였는지, 쿠에나와 루이나의 엄숙한 표정을 보면 짐작이 됐다.

"만약 모조리 당했다면 유이 씨가 이끄는 은밀부대가 움직였겠죠. 그건 그거대로 보고 싶었어요. 아, 이젠 아니던가요?"

"그래. 하지만 그렇게 되면 유이를 다시 쓸지도 모르지."

루이나도 그다지 상상하고 싶지 않은 일이었다.

첩보 기관과 우수한 정보상이 귀환하지 않는 이 상황. 그건 임무의 난이도가 높다는 것을 나타낸다.

꼭 전멸했다는 뜻은 아니다. 도망친 사람도 있을 것이다.

하지만 유이의 진지한 성격을 생각하면 도망친다는 건 상상할수 없다. 그렇다면 결사의 각오로 정보를 가지고 돌아오려고 할것이다.

루이나도 그다지 내리고 싶은 명령은 아니었다.

"에쿠, 그럼 수고했다. 이제 물러가도 좋다."

"다음에는 신하로서 뵈었으면 좋겠네요."

"그래, 기대하지."

"예이."

에쿠가 방에서 나갔다.

그리고 루이나가 매직 아이템을 전개했다.

"이라츠 일행을 불러라. 군대 편성과 각국에 연락을."

전쟁이 시작된다. 대륙 전토를 건 정령계의 전쟁이.

도시 아데날.

쿠에나와 루이나는 같은 방에 나란히 있었다.

아무것도 하지 않고 그저 출진할 때를 기다리고 있었다.

두 사람이 마침 그곳에 있는 것도 우연이었고, 딱히 이유가 있는 것도 아니었다.

"쿠에나, 사실은 널 최전선에 보낼지를 두고 제법 고민했다."

"지드의 기분을 살피는 거야? 난 그렇게 쉽게 안 당해."

"음…… 그래, 그런 느낌이다."

루이나가 말을 머뭇거렸다. 눈을 내리뜨는 게 연약한 소녀 같다.

쿠에나는 '루이나답지 않다'고 생각했다. 결혼한 뒤부터 루이나는 마음을 터놓기 쉬워졌다. 하지만 이러면 마치,

"뭐야, 그 반응은. 네가 날 걱정하는 것 같잖아."

말은 그렇게 했지만, 쿠에나는 루이나가 걱정하는 걸 느꼈다.

하지만 이제 와서 친하게 지낼 수 있을 것 같진 않았다. 그게 뭔가 불행을 부르는 복선처럼 될 것 같다는 느낌이 들어서 피하고 싶었다.

루이나도 그걸 알아차렸는지 내려다보듯이 머리를 기울였다.

"우쭐대지 마라. 네 가치가 얼마나 그렇게 높다고 생각하나? 그저 내 호위가 줄어드는 걸 걱정했을 뿐이다. 어차피 유이가 있으니, 그것도 쓸데없는 걱정이지만."

"어련하겠어."

평소대로의 느낌으로 돌아와 쿠에나는 한숨을 쉬며 웃었다.

"……"

"……"

두 사람 사이에 정적이 흘렀다. 기묘한 시간이었다.

굳이 출진 시각까지 같이 있을 필요는 없다.

역시 이상했다.

먼저 입을 연 건 루이나였다.

"죽지 마라. 세계가 붕괴 직전이라지만, 네가 없으면 재미없다."

"하아, 하나만 해. 내가 걱정되는 거야?"

"그래, 걱정되고말고. 네 가치가 얼마나 되는 줄 아느냐."

진지한 눈빛이었다.

쿠에나는 작게 숨을 죽였다.

"있잖아, 이 싸움이 끝나면 나한테도 상을 줘."

"악착스럽군. 시작하기도 전에 상을 논하는 건가?"

"그래, 어차피 이 싸움도 금방 끝날 거야."

쿠에나의 당당한 표정에는 확고한 자신감이 깃들어 있었다. 그에 고무되어 루이나도 가슴이 뜨거워졌다.

"좋다. 뭘 원하지? 넌 왕족 혈통이니 대부분의 소원은 이루어질 것이다. 이번 침공으로 많은 희생자가 생겨서 영토도 남는다. 공작위라도 내어줄까?"

현재의 피해 상황만 봐도 비참한 전모를 헤아리기가 어렵지 않다. 멸망한 나라를 포함하면 대륙의 국가 세력도가 변할 것이다.

하지만 쿠에나는 고개를 저었다.

"바보 같은 말이네. 고향을 잃은 사람들은 반드시 돌아와서 복구하려 할 거야. 토지는 남아도 각국의 영토는 분명 크게 변하지 않겠지. 옛날의 너였으면 탐욕스럽게 빼앗았겠지만."

"하."

루이나는 왜인지 살짝 짜증을 느꼈다.

바보라는 말을 들어서인가.

아니면 자기 생각을 부정당해서인가.

"결혼식 준비를 해줘."

루이나의 짜증은 쿠에나의 말에 안개처럼 흩어졌다.

쿠에나의 투명한 분위기에 압도되었다.

"명성이나 영토보다 남자를 고르는 건가."

"같은 사람을 좋아하니까, 무슨 생각인지도 알잖아?"

"동기는 다를 텐데."

"근본은 같아."

쿠에나가 생기 있게 미소 지었다.

평소 같았으면 '아내는 나 하나로 충분하다. 궁정 밖에서라면 마음대로 애인을 만들면 된다'며 거절했을지도 모른다.

하지만 지금의 루이나에겐 부정적인 말은 떠오르지 않았다.

"알았다. 반드시 돌아와라."

"그래, 물론이지."

쿠에나와 루이나는 지금까지 서로 보여준 적 없는 미소를 주고받았다. 서로 진심으로 건승을 기원했다.

"——나 이 싸움이 끝나면 결혼할 거야."

"왓!"

"어이쿠."

옆에서 농담하는 듯한 경쾌한 목소리가 들렸다.

갑자기 나타난 실라가 쿠에나와 루이나의 어깨에 팔을 둘렀다. 그 충격으로 두 사람이 놀라서 소리를 냈다.

"나왔네, 사망 플래그!"

"말하지 마, 나도 조금 흠칫했으니까."

"금발. 아무리 네가 우수하고 지드가 귀여워한다고 해도, 팔을 두르는 건 무례하다."

그렇게 말하는데 쿠에나와 루이나의 등줄기가 오싹해졌다.

실라한테서 시커먼 분위기가 감돌았기 때문이다.

"정말~, 둘 다 쌀쌀맞네. 날 두고 결혼 이야기를 했으면서. 나, 사실은 조금 화내고 있다구. 루이나 씨가 멋대로 지드랑 결혼한 거. 또 소외되는 건 싫은데 말이야……. 어때? 지금부터라도 시작할까? 칼부림."

대단한 압력이었다. 우연히 바깥의 복도를 걷던 네림이 기가 질릴 정도였다. 이 두 사람은 말할 것도 없었다.

""죄송합니다.""

루이나가 마음속 깊은 곳에서 토해내듯이 사과한 건 이번이 생애 처음이었을지도 모른다.

◇

적의 사령탑은 편의상 '킹급'으로 명명되었다. 정령에겐 고유한 명칭이 있지만, 킹급은 역사적으로 확인된 적이 없는 종류다. 그래서 대장이라는 의미를 담아서 그렇게 명명되었다.

킹급이 발견된 곳은 에델피아 삼림 지대다. 다소 개척하긴 했지만, 대부분 다종다양한 생태계를 가꾸면서 자연의 모습을 유지하고 있었다.

하지만 지금은 정령에게 유린당해 생태계의 강자인 마물의 모습은 어디에도 없다.

이미 정령의 독무대였다.

30만을 넘는 혼성군은 이곳에서 정령과 대치했다. 선두에서부터 전투가 시작되었고, 대낮인데도 연기와 안개 때문에 하늘이 어둑어둑했다.

지휘체계는 통일되어 있지만, 전장에서의 판단은 각 부대에 일임되어 있다. 전쟁의 양상을 쉽게 예측할 수 없고, 여러 국적이 섞인 혼성군이기 때문이기도 했다.

단 한 마리의 정령을 쓰러뜨리기 위해 종족과 국경을 초월하여 강자들이 모였다.

굴지의 실력자들과 용기 내어 모인 자들이었다. 이들에게 일을 맡기고 본국에 남은 사람도 있기야 하겠지만, 그렇게 해서 모인 게 30만 명이었다.

종족을 불문하고 모인 것치고는 적은 수였지만, 급박한 상황에 이만큼 모인 것만으로도 역사에 한 획을 그을 일이었다.

"엄청나네."

쿠에나가 혼성군을 바라보며 감탄했다.

30만의 군세가 거대한 삼림을 에워싸니, 마치 지평선 너머까지 전장이 이어진 것처럼 보였다.

옆에 있는 실라가 입을 벌렸다.

"저기, 네림이 싸우고 있어!"

멀리서 네림이 정령을 쓰러뜨리는 모습이 보였다.

이 전장에서 쿠에나, 실라, 네림 등, 실력이 뛰어난 사람은 독자적인 유격대로 움직이고 있다.

길드에서 파견된 S랭크 모험가 토이포, 레노도 각각 개인적으로 참전했다.

소리아나 위그 같은 국가의 중요 인물은 조국 방어에 임하고 있어서 참전하지 않았다.

"숲을 밀어버릴 것 같은 기세네."

토이포의 대규모 마법으로 인해 지면이 융단처럼 말렸다. 그리고 대지에서 거대한 용암 지진 해일이 뿜어져 나와 정령들을 덮쳤다.

하지만 지형을 바꾸는 대마법도 정령의 마법 앞에서는 무력했다. 용암이 시간을 되돌린 것처럼 원래 있던 곳으로 돌아갔다.

"본 적 없는 마법 응수네~!"

전장은 거칠고 황폐했다.

그중에서 한층 더 눈에 띄는 건 검은 정령이었다.

『쿠오오오오오오오!』

피가나모스. 지드와 루이나의 결혼식에 나타났던 괴물이다.

백이 넘는 병사를 손짓 한 번으로 흩었다. 생물의 영역을 뛰어넘는 위력이었다.

하지만 혼성군도 마냥 당하지만은 않았다.

"으아아아아아아라차아아아아아아!!"

갑자기 터져 나온 기합과 동시에 피가나모스의 거구가 삼림을 뒹굴었다. 누군가의 공격으로 꼬꾸라진 것이다.

"저거, 수인족의 왕 아니야?!"

"그렇네. 오이토마야."

그는 이 전장에서도 한층 더 눈에 띄는 인물이었다.

수인족의 영지도 정령의 공격을 받고 있지만, 그는 기꺼이 이곳의 전선에 뛰어들었다.

압도적인 파괴력에 전장의 양상이 휘청였다.

정령의 군세에서도 피가나모스 정도의 힘을 가진 개체는 그리 많지 않다.

『구우우우!!』『고오오!』

하지만 그때 두 마리의 피가나모스가 증원을 왔다.

오이토마가 아무리 강해도, 파가나모스의 공격은 치명적이다. 두 마리가 동시에 공격해대니 그도 방어에 치중할 수밖에 없었다.

주위 사람들도 피가나모스와 오이토마를 쉽사리 돕지 못하고 있었다. 역량 차이가 너무 큰 탓이었다.

"쿠에나."

실라가 레이피어를 쥐었다.

도와주자는 뜻이었다.

"잠깐만. 조금 더 기다려. 봐."

쿠에나는 냉정하게 상황을 판단하고 있었다.

피가나모스는 오이토마만 집요하게 공격했다. 다른 적들이 창을 던지든, 바위를 쏟아내든 그다지 위협이 되지 않기 때문이다. 인간에겐 치명적인 공격도 피가나모스에겐 먼지만 날릴 뿐이다.

하지만,

"아하핫! 고전하고 있네, 오이토마 군!"

그 높은 목소리에는 피가나모스가 반응했다.

전장에 나타난 건 또 한 명의 왕이었다. 그는 결코 인정하려고 하지 않지만, 마족에 퓨리 이상의 적격자는 없다.

"늦다!"

오이토마가 꾸짖었다. 늦게 와서 전투 중인 사람을 비웃는 태도에 화내는 건 지당한 일이다.

하지만 퓨리에게도 할 말은 있었다. 무엇보다 온 이상 일은 확실하게 한다.

"미안하다니깐, 정령이 우리 쪽도 침공해서 말이야.「리레리아」."

퓨리를 중심으로 퍼진 마법이 주변 일대를 감쌌다. 그 공간 안에 있는 모든 것이 찰나의 순간 동안 뒤집혔다가 원래대로 돌아

왔다. 일부를 제외하고.

『기악?!』

피가나모스만이 거꾸로 뒤집혀 공중을 날고 있었다. 몹시 당황한 기색이었다.

"자, 오이토마 군!"

"지시하지 마라!"

퓨리의 도움으로 기회를 얻은 오이토마는 곧장 공세에 나섰다. 피가나모스 두 마리는 곧 오이토마의 공격으로 숲을 나뒹구는 신세가 됐다.

두 왕의 내습으로 인해 정령군 진영에 구멍이 뚫렸다. 그곳을 뚫고 나가듯이 토벌군이 들어가 구멍을 억지로 넓혀갔다.

전황은 여전히 혼성군에게 유리하다는 사실은 변함없었다.

"그럼, 갈까."

"응!"

돕지 않아도 전장은 걱정 없다.

그걸 알자, 쿠에나와 실라는 전력으로 달려 나갔다.

노리는 것은 킹급의 목뿐.

──그녀들의 속도는 누구도 알아볼 수 없을 정도였다.

이윽고 마족의 왕과 수인족의 왕이 어깨를 나란히 했다.

역사적으로도 유례가 없는 일이었다.

"이상한 느낌이군."

"그러게. 이렇게 많은 종족이 서로 손을 잡다니 말이야. 여기에 지드 군도 있으면 재밌었을 텐데! 뭐, 그래도 이 광경만이라도 마족령에 두고 온 동포에게 보여주고 싶네."

"그렇군. 하지만 두고 온 동포들이기에 안심하고 영지를 맡길 수 있는 거다."

오이토마의 뇌리에는 성장한 로니와 츠비스가 있었다. 퓨리도 믿고 있는 동료의 모습을 떠올리고 있었다.

하지만 느긋하게 상상에 잠길 시간은 없다. 여긴 전장이다. 게다가 무슨 일이 일어날지 알 수 없는, 인간의 지성을 초월한 싸움이다.

『으으으으으으으!』

기사처럼 갑주를 입은 정령이었다. 그런 정령이 파란색, 노란색, 빨간색, 초록색, 갈색, 흰색 등의 다양한 색의 수만큼 존재했다.

그 정령들이 검이나 도끼 등의 무기를 한 손에 들고 오이토마 일행을 덮쳤다. 하지만 공격은 그들에게 닿지 못했다. 단단한 비늘의 보호를 받는 마물 용들이 참전한 것이다.

"어~이! 지드는 없는가~?!"

큰 목소리로 외치는 건 로로아였다.

전장에는 더욱 강대한 전력이 참가하여 혼란이 극단으로 치달았다.

◇

에델피아 삼림 지대는 사람의 손을 거의 타지 않았는데도 관광 자원으로서 기대를 모을 정도로 풍족하며 건강한 초목이 우거지는 토지다.

하지만 그런 곳에서 한층 더 부자연스러운 장소가 있다.

삼림의 중앙 지대에 가위로 잘라낸 듯한 원형 황야가 펼쳐져 있다.

악천후로 인해 발생한 뇌우가 숲을 태운 것도, 늪이 말라붙은 것도 아니다.

에델피아 삼림 지대를 거점으로 삼고 있는 정령이 만든 장소다.

『…….』

킹급.

그건 피가나모스와 비슷했다.

어쩌면 정령이 다 성장한 궁극체가 이런 형태가 되는 걸지도 모른다.

차이점으로 가장 먼저 들 수 있는 건 색이었다.

본능적으로 더럽히는 게 용납되지 않을 것이라 느껴질 정도로 아름다운 순백색이었다.

다음으로 마치 천사를 연상케 하는 날개가 달려있었다.

하지만 그 날개는 잘 보면 여러 손이 뒤얽혀서 이루어진 뒤틀린 날개였다.

"저게 그거네."

킹급에 도달한 사람은 쿠에나와 실라 두 사람뿐이었다.

실라는 뒤돌아보면서 입을 열었다.

"어떡할래? 다른 사람이 오는 걸 기다릴래?"

킹급의 힘이 확실하지 않은 이상, 그렇게 경계하는 건 정당한 일이었다.

"아니, 이젠 시작할 수밖에 없겠지."

두 사람이 눈앞에 있는 정령을 킹급이라 이해한 요인은 여럿 있다. 그중에서도 주요한 요인은 두 가지다.

하나는 사전에 정보를 입수했기 때문이다. 그 모습은 정확하게 진짜이며 겉모습만 보면 의심할 여지가 없다.

그리고 또 하나는 쿠에나가 전투를 서두르자고 판단한 이유이기도 하다.

정령 공급.

『…….』

킹급의 손이 꿈틀꿈틀 준동하고 있다. 가끔 손으로 원형을 만들거나 땅에 마법진을 전개하거나 했다.

일련의 동작에 어떤 의미가 있다는 건 명백했다.

『키게에에에에아아아!!』

어마어마한 엄니가 났고 체구가 2m는 되는 까마귀 같은 정령이 어디선가 나타났다.

그게 날개를 펼치기만 했는데 예리한 깃털이 흩날렸다. 풀은 절단되고 나무들에는 꼿꼿하게 뻗은 깃털이 박혔다.

"작열열화!"

쿠에나가 검으로 방대한 불꽃 마법을 날렸다. 마력 사용법이 사치스럽지만, 그 출력과 제어는 최고였다.

연속해서 굉음이 울려 퍼졌다.

쿠에나가 쏜 불꽃은 눈사태와 같은 기세로 킹급을 덮쳤다.

『……크.』

킹급이 손으로 땅을 쳤다.

공간 전체가 물결치듯이 요동쳤다.

쿠에나가 전개한 마법이 사라졌다.

"편리하네. 하지만 없애는 데도 한도가 있지."

마법이 사라진 부분은 앞쪽뿐이었다.

쿠에나는 지드와 한 특훈을 떠올렸다.

몇 번이고 몇 번이고 마력과 마법이 사라졌던 기억이다.

그에 비하면 킹급의 상쇄는 어린애 장난과 마찬가지다.

『!』

킹급이 물결치는 듯한 불꽃으로부터 도망치기 위해 공중에 날아오르려고 했다.

그 순간 보인 것은 섬광이었다.

쿠에나의 옆에서 하얀 전격의 잔상이 뻗어있었다.

그 전격이 향한 곳은 킹급의 위였다.

"백격――흑뢰!"

실라가 영창했다. 손에 쥔 레이피어는 검은 번개를 두르고 있

었다.

눈을 깜박일 틈도 없이 킹급이 충격을 받았다.

쿠에나의 마법에 휩쓸렸는데 실라가 빛의 속도로 가한 일격.

『픽…… 키이이이!!!』

새된 비명이 귀를 찢었다. 쿠에나가 자기도 모르게 얼굴을 찌푸릴 정도였다.

킹급의 하얀 피부에 생긴 열상에서 검은 액체가 흐르고 있었고, 화상으로 인해 팔 대부분이 움직이지 않는 모양이었다.

그래도 포기하지 않고 팔을 움직여 쿠에나를 덮쳤다. 손으로 지면을 쓸듯이 휘둘러서 지표가 파헤쳐졌다.

"그 검은 정령보다 강하네. 하지만 우리도 강해졌다고. 염신일도."

쿠에나가 하늘 높이 손을 뻗었다.

그에 호응하듯이 거대한 불기둥이 하늘에서 내려왔다.

그게 쿠에나의 손에 닿을 무렵에는 불꽃이 칼을 모방한 형태로 변해있었다.

『이익!』

어두컴컴한 일대를 비추는 빛이 내려쳐졌다.

"——잘 가라."

중앙에 원형으로 뚫린 곳 일대가 세로로 한 줄기로 연소되었다.

킹급이 소멸했다.

그 순간, 정령들의 행동에서 일관성이 사라지고 그저 눈앞에 있는 것을 파괴하기만 하는 이성 없는 괴물이 되었다.

"끝난 것 같네?"

"그래. 이제 남은 정령을 처리해야지."

"후후, 강해졌네. 결혼식 때처럼 당하지 않게 되었어."

"분했으니까. 지드가 언젠가 말했던 '다들 여기에 남아도 괜찮아'라는 말이 용납이 안 됐으니까. 난 어깨를 나란히 할 수 있도록 노력하고 있어."

"응 응. 나도~."

대화는 활기를 띠어서 지드에 대한 불평으로 옮아갔다.

싸움만 없으면 둘은 평범한 소녀 같았다.

하지만 전장에 남은 싸움의 흉터는 틀림없는 강자의 증거다. 울려 퍼지는 번개와 구름을 꿰뚫는 불꽃의 모습은 멀리서 보던 사람들이 경외하게 했다.

◇

신성공화국은 웨이라 제국 다음으로 피해가 적었다.

주된 요인으로 새로운 신도 재건설에 따른 인구 집중과 군비 강화로 방어전이 쉬워졌다는 점을 들 수 있다.

그건 강한 의사 표명이기도 했다.

신도는 신성공화국의 상징이다.

그들은 그 희생 이후로 두 번 다시 지지 않겠다고 맹세했다.

내놓은 답이 신도 집중 방어였다.

소리아의 광역 치유 마법과 필의 뛰어난 전투력으로 정령의 침공을 허용하지 않아 쿠에나 일행이 킹급을 토벌할 때까지 시간을 벌 수 있었다.

신도에 피난민을 수용한 것까지 생각하면 웨이라 제국보다 훨씬 많은 사람을 구했다고 할 수 있다.

"수고했어요."

스피가 물이 든 컵을 건넸다.

상대는 소리아였다.

새로 재건된 신도의 한구석에서 두 사람은 잠시 휴식을 취하고 있었다.

"감사합니다, 스피 씨."

"아뇨. 제가 할 수 있는 일은 적으니까요."

"그렇지 않아요. 스피 씨의 지휘가 없었다면 도망치지 못한 희생자의 수는 헤아릴 수 없었을 거예요. 훌륭한 활약이에요."

소리아에게 칭찬받는 것이 명예라는 걸 알고 있어도 스피는 납득이 되지 않았다. 더 할 수 있는 일이 많았다며 반성하는 마음이 샘솟았기 때문이다.

그렇게 생각할 수 있는 게 스피의 발전 가능성이기도 하다는 걸 소리아는 알고 있다.

스피가 물었다.

"이 싸움은 이길 수 있을 것 같아요?"

"네, 이길 수 있을 거예요. 그야 지드 씨니까요."

킹급 토벌은 완수했다.

그 정보는 이미 신성공화국에 들어왔다.

하지만 아직 할 일이 남아있다.

근원인 여신 아스테라다.

하지만 그건 아스테라 신봉자였던 소리아와 스피에게는 명운을 가르는 이야기였다. 전후의 자신들의 처지와도 관계되는 일이다.

"소리아 님에게 희망의 빛은 지드 씨인가요."

"스피 씨는 아닌가요?"

"아뇨, 저도 지금은 아스테라를 믿을 수 있을 정도의 담력과 도량은 없어요. 뭔가 이유가 있어서 쳐들어오고 있다고는…… 도저히 생각할 수 없어요."

일부에서는 이번의 대규모 정령 침공을 아스테라의 시련이라 말하는 자도 있었다.

물론 열강국의 공식 견해로 정령은 자연스럽게 발생한 것이라고 발표되었다. 여신이 적이라는 사실은 숨겨져 있었다. 신앙심을 가진 자들의 폭동이나 신을 두려워하는 민중의 혼란을 피하기 위해서다.

하지만 그래도 아스테라가 주는 시련이라고 말하는 자가 있다. 딱히 이번 일뿐만 아니라 원래부터 무슨 재해든 아스테라와 연결하는 자가 나올 정도로 신앙은 넓고 뿌리 깊다. 여기서 중요한 건 그게 정답이냐 아니냐가 아니다. 아스테라와 인간은 떼려야 뗄 수 없는 관계라는 것이다.

소리아와 스피도 신앙심이 두터웠지만, 현장에서 직접 피해를 목격하는 일이 많고 신의 말이라고 해서 결코 안이하게 받아들일 성격이 아니기 때문에 입이 찢어져도 재해가 시련이라고는 말하지 않을 것이다.

"저도 같은 의견이에요. 그러니 그 후의 일을 생각해야만 해요. 아스테라에게 이긴 이후의 세상을."

소리아가 천장을 올려다봤다.

멀고 끝없고 상상도 안 되는 세상이다.

스피의 표정이 흐려졌다.

"세상은 질서를 잃고 멸망할까요. 대지는 찢어지고, 바다는 갈라지고, 공기가 탁해지고……."

"그 정도 일이 일어나면 지드 씨에게 맡기죠. 저희가 할 수 있는 일은 보통 사람 수준의 일이니까요."

소리아가 싱긋 웃었다.

그걸 보고 스피의 표정이 굳었다. 소리아 님 안에서 지드 씨는 이미 신인가.

스피가 볼에 손가락을 대면서 고민했다.

"……우선 생각할 건 아스테라와 관련된 것일까요. 어떤 식으로 사람들에게 전달할 것인가, 아니면 숨길 것인가."

"네, 맞아요. 올바른 역사를 남기고 아스테라교도 남기면 후세에 강한 한이 남을 거예요."

언젠가 민중에게 아스테라의 손바닥 위에서 새겨진 올바른 역사가 알려졌을 때, 신자는 어떤 반응을 보일까. 사람들은 어떤 감정에 사로잡힐까.

그걸 상상했을 때, 소리아는 망설이지 않고 이어서 단언했다.

"역사나 종교, 둘 중 하나는 사라져야만 해요."

"────!"

스피는 소리아의 말을 예상할 수 있었다. 하지만 그래도 할 말을 잃기에는 충분하고도 남는 위력이 있었다.

스피도 소리아도 진·아스테라 교단으로부터 명성과 지위를 부여받았다.

만약 진·아스테라교가 없어지면 그녀들의 처지는 어떻게 될까. 직업을 잃는 수준의 문제가 아니다. 여신에 대한 신앙이 와해하면 그녀들은 세상에 어떻게 받아들여질까.

소리아는 표정을 바꾸지 않았다. 용감한 태도 그대로였다.

"스피 씨, 역사를 지우는 게 분명 간단할 거예요. 이번 정령의 침공은 자연현상이고, 설령 그게 신의 시련이라고 하더라도 아스테라는 어디까지나 우상에 지나지 않으며 실재하는 증거는 없다고 하면 그만이에요."

"확실히…… 그렇네요."

"하지만 전 굳이 어려운 길을 가고 싶어요."

"그렇다면…… 종교를 지우는 건가요?"

"글쎄요. 하지만 언젠가 해산하는 방향으로 가고 싶다고 생각하고 있어요. 그 과정에 악평을 퍼뜨릴 필요가 있겠죠."

소리아에겐 각오가 있었다.

예전에 믿었던 아스테라를 깎아내리는 일도 꺼리지 않았다.

하지만 스피에겐 약간의 불안이 있었다.

"그러면 성직자와 신자들이 곤경에 처하지 않을까요. 그야말로 교단의 상징이기도 한 소리아 님은 비난의 표적이 될 거예요."

"전 필요하다면 제가 모든 악평을 뒤집어써도 괜찮다고 생각하고 있어요. 예를 들면 제가 지드 씨와 밀약하고 웨이라 제국에 팔아넘기려 하고 있다던가."

"무슨……!"

물론 그건 농담이다. 예시 중 하나에 불과하다.

실제로 소리아가 진·아스테라교를 제국에 넘긴다고 해도 다른 종파가 생겨날 뿐이다. 사람의 신앙심은 그렇게 간단히 무너지지 않는다.

그걸 이해하고 소리아는 말했다.

"하지만 안심하세요, 스피 씨. 제가 사라진 후에는 당신이 진·아스테라교를 대신할 집단을 이끌게 할 생각이에요."

"딱히 명성이나 지위를 원하는 건 아닌데."

"아뇨, 스피 씨이기에 맡길 수 있는 거예요."

"전……."

스피가 조심스럽게 몸을 움츠리고 굳었다.

그건 겸손이 아니다.

스피는 자신이 부족하다고 생각하고 있다. 예전의 신도를 소실하게 만든 원인의 일부를 제공했다고 생각하고 있고, 다른 문관과 비교하면 서투를 것이다.

하지만 그건 당연한 일이다. 스피는 어리다. 어려운 일을 하면 잘못을 저지르는 경우도 있다. 그게 책임이 있는 특별한 일이기에 추궁당하는 것이고, 스피가 배경까지 제대로 이해하고 있기에 자신의 실수를 후회하고 반성하는 것이다. 그래도 이렇게 현재의 지위에 있는 건 진·아스테라교의 중심인물이기 때문만은 아니다. 그때그때 자신의 직무에 충실하고 공평하게 일을 해왔기 때문이다. 그게 가능한 사람이 귀중하다는 걸 소리아는 알고 있다.

"스피 씨는 대단한 경험을 하고 계세요. 저도 상당히 기구하게 자랐다는 말을 듣지만, 스피 씨 정도는 아니에요. 스피 씨는 분명 저…… 아니, 리프 씨나 루이나 님을 웃도는 인재가 되겠죠. 그렇게 됐을 때, 사람들을 선도하는 입장에 서줬으면 좋겠어요."

스피는 소리아를 진심으로 존경하고 있다. 말과 행동은 방정하고 근엄하며 치유 마법 실력은 역사에 유례가 없다는 말까지 들을 정도로 뛰어나다. 온갖 일을 처리할 수 있는 균형 감각이 뛰어나며 사람들의 지지를 받는다.

그런 사람에게 칭찬받자, 스피의 눈은 소리아에게로 향했다.

"소리아 님, 감사합니다. 하지만 굳이 어려운 길을 갈 필요는 없지 않을까요……."

"아뇨, 지금밖에 없어요."

"지금?"

"네. 지금은 지드 씨가 있잖아요. 그분이 있으니 올바른 길을 고를 기회가 있죠. 아무리 어려운 길이라고 해도 지켜줄 것 같아요."

소리아가 천진난만하게 웃었다.

확실히 그렇다고 생각했다.

동시에 스피는 소리아의 속셈도 알아차렸다.

"서, 설마, 소리아 님은……."

소리아는 내다보고 있다.

아스테라교가 와해하면 소리아가 희생될 것이다.

그리고 그 끝은.

"후후."

소리아의 의미심장한 웃음이 이 자리를 감쌌다.

이 세상에서 알아차린 사람은 스피뿐일 것이다.

제2화 파괴자의 정체

킹급이 토벌된 지 2주가 지났다.

현재 쿠에나와 실라는 영웅 대접을 받고 있다고 한다. 나도 왠지 자랑스러웠다.

하지만 대륙에는 아직 위험한 분위기가 흐르고 있다. 희생자를 애도할 시간이 생겼지만, 예단할 수는 없는 상황이었다.

무질서하게 날뛰고 있는 정령의 잔당들이 심상치 않은 피해를 내고 있기 때문이다.

그런 때에 우린 소리아와 네림과 합류했다.

"갑자기 불러내서 미안하구면~."

리프가 두 사람을 환영했다.

장소는 길드 지부 구석에 있는 방이다.

맨 끝에 있는 방이라 사람의 통행이 적고 방은 리프의 마법으로 코팅되어 있다.

"오랜만입니다. 지드 씨, 리프 씨."

"그래, 오랜만이야. 잘 지내는 것 같아서 다행이네."

소리아가 깨끗하고 맑게 웃으며 인사했다.

옆에 있는 네림은 표정이 무뚝뚝해 굉장히 대조적으로 보였다.

"그래서 용건은 뭐야?"

"소리아는 정중하게 인사하는데, 자네는 왜 그렇게 무뚝뚝한 데다가 성격이 급한가."

"일은 빨리 처리하는 편이 좋잖아."

"그렇지."

네림의 말을 듣고 감탄했다.

일은 빨리 처리하는 편이 좋다. 하지만 네림의 태도는 내 신조와는 다르다는 느낌이 들었다.

그녀는 일을 빨리 처리하고 싶은 게 아니라 일 그 자체를 바라고 있는 것이다.

리프도 그걸 알아차리고 있다.

"흐음. 뭐, 대충 짐작은 하고 있지 않나?"

"드디어 모든 일의 근원을 제거하는 거지."

네림은 애매하게 표현했지만, 모두가 똑같은 것을 떠올렸을 것이다. 리프가 고개를 끄덕였다.

"음. 이제 와서 서로 이해하는 건 불가능하겠지. 따라서 아스테라를 토벌한다."

"멤버는 저와 지드 씨, 네림 씨로 괜찮은가요?"

"거기에 더해서 이 몸도 싸운다. 용사 지드에 성녀 소리아, 검성 네림, 현자인 이 몸. 크크……. 재밌구먼. 기묘하게도 용사 파티 같은 진용이 되었는데, 소수정예로 가도 되겠지. 상황에 따라서는 정찰만 하고 끝나게 될 테니."

리프는 사실은 첩보를 보내고 싶다고 말했다.

정령계가 어떤 곳이며, 아스테라가 어떤 모습이며, 어떤 위험이 있는가. 그런 것들을 파악하지 않고 가는 건 위험하다고.

하지만 이번엔 기습 작전이다.

한순간의 틈이 생겼을 때 아스테라의 숨통을 확실하게 끊을 수 있는 인재여야만 한다. 그렇게 선택된 것이 이 네 명인 것이다.

"참고로 쿠에나는 자기가 빠진 걸 몹시 화냈어."

"으음, 다시 침공할 때를 대비해서 전력은 온존할 필요가 있네……. 역소환으로 얼마나 돌아갈 수 없는지도 모르니……."

리프가 쿠에나에게 쥐어짜이는 상상이라도 하고 있는지 땀을 폭포처럼 흘렸다.

"그건 내가 아니라 쿠에나한테 말해야지."

정론이군.

소리아가 재밌다는 듯이 큭큭 하고 웃었다.

평온한 분위기다. 하지만 이 대화는 이들이 죽었을 상황을 상정하고 있다.

리프는 이미 에이겔에게도 이야기를 해뒀다. 차세대 천재에게 자신이 가진 마법 기술을 전부 맡겼다. 인간의 지성을 초월한 정령을 죽일 방법을 근본부터 재검토시켰다. 생물의 근간을 흔들 정도의 연구다.

그리고 정말로 최강의 면면들을 모은다면 아마 퓨리나 오이토마도 불러냈어야 했을 것이다. 그렇게 하지 않은 건 그들이 이 세상에 남겨둬야 하는 귀중한 전력이기 때문이다.

우리가 실패해도 아직 두 번째, 세 번째 화살이 있다.

"아무튼 우리의 전투 스킬은 대륙에서 손꼽힐 것이네. 이 멤버로 연계한 적은 없지만 유연하게 대응할 수 있을 것이라 믿고 있네."

"나랑 리프는 지드의 보조적인 역할을 하는 편이 강할 것 같네. 소리아의 치유 마법만 그런대로 특별하다는 느낌이려나."

"크큭, 부정은 하지 않겠다. 원래라면 지드는 좀 더 이후의 단계에 보내고 싶은 정도였으니."

그런 이야기를 들었으면 거절했을 것이다.

사지에 갈 거라면 내가 먼저 간다.

리프는 분명 그런 심정을 이해했을 것이다.

"그래서…… 언제 가나요?"

"내일은 어떤가?"

리프가 가벼운 분위기로 윙크했다.

산책이나 카페에 가자고 부르는 듯한, 헌팅하는 듯한 분위기다.

"알았어."

"네, 문제없어요."

"저, 정말인가? 농담할 생각이었는데, 괜찮은가? 필요하다면 시간을 내서 연계 훈련을 해도 된다만……."

"여태껏 정령과 싸워왔어. 이미 예열은 충분해."

"저도 문제없어요."

의외의 대답이 나와서인지 리프가 당황한 듯했다.

리프를 도와주는 건 아니지만, 나도 두 사람에게 각오를 물어보기로 했다.

"아스테라의 함정으로 정령계에 영원히 갇힐지도 몰라. 그래도 내일 출발해도 괜찮아?"

나도 각오는 했다.

그래도 쿠에나와 모두의 얼굴이 뇌리를 스쳐 지나갔다.

두 사람은 어떤가.

그늘은 없었다.

"끈질겨. 난 아스테라를 죽이기 위해 살고 있는 거나 마찬가지야."

"필에게도 작별 인사를 하고 왔으니까 문제없어요."

어리석은 질문이었나.

근심도 망설임도 없는 두 사람을 보고 왠지 내 각오도 다시 다져진 것 같은 느낌이 들었다.

문득 소리아가 내 눈을 지그시 봤다.

"그리고 영원에 가까운 시간을 단둘이서…… 뭔가 로맨틱하잖아요."

"난 단둘이라고는 안 했는데……?"

"그만해. 흘려들었는데. 지드랑 영원한 시간 같은 건 무리거든, 진짜로."

가슴이 아프다.

아스테라와 싸우기 전에 꺾여버릴 것만 같다.

"좋아, 그러면 내일에 대비해서 오늘은 컨디션을 조절하게. 다행히 요정 공주의 집에 방을 빌려뒀으니 편히 쉴 수 있을 거라네."

리프가 엄지를 척 세우며 대답했다.

성이나 저택 정도는 아니지만 실레와 라나의 집은 크니 말이다.

나도 한동안 편하게 지내고 있다.

분명 소리아와 모두에게도 잘 맞을 것이다.

실레의 집으로 돌아왔다.

소리아와 네림, 리프도 함께다.

내일의 출발에 대비해서 모두 있다.

"어서 오세요~!"

"그래, 다녀왔습니다."

라나가 현관까지 마중을 나와줬다.

우리를 보고 입가에 손을 대면서 소리쳤다.

"으아아아아! 지드 씨가 바람피우고 있어~!!"

바, 바람? 뒤숭숭한 말을 듣고 몸이 굳었다.

제일 먼저 반응한 건 네림이었다.

"뭐어?! 바람이라니 무슨 소리야!"

네림이 화내는 모습이 마치 몸집이 작은 라나를 덮칠 것 같은 기세였다.

　옆에서 보면 어른스럽지 못한 광경이지만 라나의 연령을 생각하면…… 잠깐? 네림의 나이가 더 많은가? 그럼 어른스럽지 못한 태도였네.

　라나가 더 세게 말했다.

　"우와! 혹시 바람피우는 게 아니라고 생각하는 타입?! 자기가 첫 번째라는 데 자신감을 느끼는 타입?!"

　"아, 아니……! 애초에 그게 오해인데!"

　네림이 완전히 농락당하고 있다.

　소리아가 라나 옆에 서서 고개를 끄덕였다.

　"바람이긴 하죠."

　그런 거야?!

　라나가 소리아를 양손으로 가리키면서 말했다.

　"이거 봐!"

　라나는 완전히 언질을 받아서 무적이라는 눈치였다.

　"날 끌어들이지 마~!!"

　네림이 발을 구르며 화를 내자, 튼튼하게 지어진 집이 가볍게 흔들렸다.

　이대로 가면 정말로 위험하다. 일단 오해를 어떻게든 풀어야 하나…….

　"라나, 아니야. 이들은 나랑 같이 싸울 사람들이야."

　"아~, 그렇구나~, 처음 알았어~."

몹시 뻔뻔한 대답이 돌아왔다.

라나 나름대로 네림과 모두를 스스럼없이 대하려고 한 걸까.

네림의 이마에는 핏대가 서 있지만.

"여러분, 모였군요."

안쪽에서 실레가 얼굴을 보이며 말했다.

이런 소동이 일어났으니 실레는 무슨 일이 일어났나 싶었을 것이다.

"미안하구면~, 갑자기 소란을 피워서."

"아뇨, 괜찮아요. 그보다, 정말 가는군요?"

"그래."

실레의 물음에 고개를 끄덕였다.

갑자기 배 근처를 잡혔다.

라나가 울 것 같은 눈으로 이쪽을 보고 있었다.

"으~, 지드 씨…… 걱정돼……."

"괜찮아. 반드시 돌아올 거야."

이건 나 자신에게도 하는 말이다. 괜찮다. 돌아올 거다.

약간이지만 불안이 있었지만, 날 걱정하는 소녀를 보니 책임감이 불안감을 밀쳐냈다.

"정말이지? 정말 돌아와야 해?"

라나가 내 허리를 작은 손으로 둘렀다.

사랑스러운 눈에 마음이 빨려 들어갈 것 같았다.

최근에 겨우 깨달았다.

난 혹시 쉬운 남자인 걸까.

"잠깐, 누가 바람피우고 있는데."

녜림의 차가운 시선이 박혔다.

"우와! 불륜 상대가 째려보고 있어요~!"

"그러니까 아니라고! 내가 아는 사람이 푹 빠져 있을 뿐이지! 난 그 사람을 돌보는 역할이야!"

"어설픈 변명 하지 마~!"

"무슨 소릴……!"

이상하다.

내일이 실전일 것이다.

자칫 잘못하면 대륙이 멸망할지도 모르는데.

하지만 반대로 생각해 보자. 라나가 없었다면 팽팽한 긴장감 때문에 평온하게 지내지 못했을지도 모른다.

내일이 아무리 중대해도 모두와 함께 있는 지금은 웃고 싶다. 후회 없는 오늘이 있으니 내일 도전할 수 있다. 그런 느낌이 들었다.

"개판이구먼~."

이상하게 태평한 목소리가 들렸다.

아아, 여기에 쿠에나와 모두도 있으면 좋았을 텐데. 이런 생각을 하는 건 사치일까.

아니, 사치가 아니다.

그게 내가 원하는 것이라면 언젠가 이뤄내 보이겠다.

◇

다음 날.

엘프 마을은 깊은 삼림 지대에 있는 만큼, 사람의 자취가 없는 곳도 있다.

나, 리프, 네림, 그리고 소리아, 네 사람은 엘프 마을을 떠나 인적이 없는 곳에서 역소환 마법을 거행했다.

첫 시도이니 주변에 어떤 영향을 끼치는지조차 모른다.

리프도 '마법이 실패할 수도 있다'고 말했다. 연구와 개발은 많은 실패를 거듭하여 성공에 다다른다고 한다.

그렇다고는 해도 리프라면 마법이 실패하지는 않을 거란 생각이 들었다.

다만 걱정되는 점은 역소환으로 연결된 정령계에서 괴물들이 몰려오는 사태였다.

그래서 우린 사람들이 사는 마을에서 떨어진 먼 곳에서 마법을 준비했다. 물론 내 탐지 마법도 이미 발동됐다.

"역소환은 시간이 들지 않는다. 이 몸이 마법을 행사한 순간에 정령계에 도착하는 게지. 바로 전투가 시작된다고 생각하게."

일동이 고개를 끄덕였다.

이런 이야기는 사전에 들었다.

모두 불만도 없고 의문도 없었다.

그것들은 이미 대화로 해소되어 있다.

"빨리 시작하지. 난 언제든지 괜찮아."

"크크. 자신만만하구먼. 좋다, 그럼 간다."

리프가 양손을 지면에 향했다.

작은 바람이 불었다.

사람의 모습은커녕 마물의 기척조차 없었던 곳에서 잔가지를 밟는 소리가 났다.

"드디어 결전인가."

웬 남자가 갑자기 나타나 그런 말을 했다.

내 탐지 마법을 피해서 온 건가?

묘하게 익숙한 얼굴이었다.

"어라? 자네는 미래의 지드가 아닌가?"

리프가 턱에 손을 대고 갑자기 찾아온 사람의 정체를 말했다.

미래의 나?

"오랜만이네. 그리고 이 시대의 나랑은 처음 보네."

"어, 어어…… 처음 뵙겠습니다……?"

이상한 느낌이다.

미래의 나와 만나는 건 고향 사람들과 오랜만에 만나는 느낌과 비슷했다. 이것저것 이야기하고 싶은 게 있는데, 어떤 이야기부터 해야 할지 생각하게 된다.

잘 지내고 있을까, 베어울프라던가 고블린이라던가.

"어라? 10년 후의 사람을 소환하는 마법을 썼나요?"

소리아가 그런 질문을 했다.

그러고 보니 그렇다. 10년 후의 내가 있는데 현대의 내가 여기에 있는 건 이상하다. 아니, 이상하진 않은가.

"시공을 초월한 마법을 고안했으니까. 격려하러 왔어."

"호오, 격려인가. 사서 고생을 하는구먼."

리프가 미래의 나에게 말했다.

어딘지 작위적인 말투다.

"역시 알아차리고 있나. 아니, 딱히 압박할 생각은 없었는데."

미래의 내가 뒷머리를 만지면서 계속 말했다.

날카로운 눈빛이 번뜩여 삼엄한 분위기가 이곳을 뒤덮었다.

"——너희가 아스테라에게 졌을 때를 대비해서 온 거야."

확실히 그건 압박이 되는 말이었다.

하지만 그 이상으로 미래의 나의 표정이 어딘지 궁지에 몰린 듯한 게 신경 쓰였다.

"흠. 다시 말해서 보험이라는 건가. 그렇다면 얼굴을 비치지 않아도 괜찮을 텐데."

"나도 그다지 얼굴을 비칠 생각은 없었어. 그래도 말이야, 말해도 되려나. 시공을 초월하는 마법이라는 건 무한한 가능성을 보는 것이기도 해서……."

뭔가 어려운 이야기라서 그 이상은 이해가 안 됐다.

하지만 마지막으로 미래의 나답게, 좋고 싫은 걸 따지지 않고 머리에 박혔다.

"……난 지금의 너희만 보고 있는 게 아니야. 지금보다 약간 더 미래의 너희도 보고 왔어. 거기서 연전연패했으니까. 이 시점에서 만나둬야겠다고 생각했어."

"캇캇카, 꼭 협박하는 것 같군."

리프가 경쾌하고 묘한 말투로 얼버무렸다.

하지만 우린 확실히 느끼고 있다. 어깨가 무겁다.

연속으로 졌다.

최악의 경우를 상상해서 구역질마저 났다.

미래의 난 의도한 걸까. 아니면 알아차리고 있는 걸까. 우리에게 가혹한 말을 하고 있다는 걸. 아니, 아니다. 분명…….

──내 부담이 그만큼 크다는 뜻일 것이다.

우리를 배려할 여유조차 없는 것이다.

아아, 분명 미래의 나는…….

화제를 바꾸며 웃음을 지었다.

"미래를 바꿔버릴 것 같으면 대답하지 않아도 괜찮은데, 아스테라 토벌에 관한 힌트 같은 건 없어? 정령의 약점이라던가."

가볍게 물어본 것이었다.

혼날지도 모른다고 생각했다.

하지만 미래의 난 간단히 입을 열었다.

"음. 풍경에 동화하는 정령이 있으니까 조심해. 탐지 마법에도 걸리지 않는 데다, 피부 형상 변화와 경질화로 예리한 칼날을 몸 어디에든지 만들 수 있고, 속도도 빨라. 게다가 처음에 회복 담당인 소리아를 노리는 지능이 있어.”

처음 듣는다. 꽤나 흉악할 것 같은 정령이다.

아스테라의 대륙 침공을 겪어서 사전에 강한 정령에 대한 정보는 모였을 것이다. 하지만 그래도 비장의 카드는 많이 있다는 건가.

탐지 마법에 걸리지 않는다면 무차별하게 공격해야만 하는 걸까. 내 마력은 무한하다고 봐도 좋지만, 리프의 몸은 한계가 오고 있어서 쓸 수 있는 마력은 이제 한정되어 있다. 그다지 무리는 시키고 싶지 않다.

“정말 무섭지만, 미래의 지드 씨가 있다면 안심이네요.”

소리아가 말했다.

확실히 그렇다.

미래의 내가 있다면…… 이 싸움에 승리하는 것도 가능할 것이다.

“그래, 하지만 열심히 해. 난 되도록 간섭하고 싶지 않으니까. 그리고 다른 세계도 지켜볼 필요가 있어.”

아무래도 미래의 난 엄청나게 많은 세계를 돌아다니는 생활에 열중하고 있는 것 같다. 그다지 폐를 끼치지 않기 위해서라도 힘내야겠다.

네림이 팔짱을 끼고 발끝으로 몇 번이나 땅을 쳤다.

“얘기는 끝났어? 빨리 가자.”

“음, 그렇지. 전원 줄을 서라.”

네림, 나, 소리아 순서로 섰다.

리프가 우리 앞에 서면서 손을 들었다.

소리아가 옆에서 말했다.

"지드 씨, 돌아가면 할 얘기가 있어요."

"?"

"할 말이 있으면 지금 말해야 후회할 일 없어서 편해."

네림이 말에 힘을 실었다.

네림은 내가 상상도 못할 정도로 많은 사람과 사별했을 것이다.

그런 인생 경험이 있으니, 뭔가 생각하는 바가 있을 것이다.

"아뇨. 제가 지드 씨를 좋아하는 마음은 전해졌다고 생각하니 후회는 없어요! 어디까지나 아스테라를 쓰러뜨린 뒤의 이야기니까요!"

"그, 그래……."

네림이 소리아의 기세에 눌렸다.

이렇게 말하는 나도 부끄러워서 말문이 막혀버렸다.

뭔가 소풍을 가는 것 같은 분위기다.

전부 미래의 내가 찾아온 덕인가.

"가자!"

리프가 외치는 소리에 마음을 다잡았다.

곧장 풍경이 뒤바뀌었다.

◇

하얀 공간이다. 시야 전체가 하얗다.

흰색, 흰색, 흰색……

흰색 외에는 아무것도 없다.

그런데 상하좌우 감각은 뚜렷했다. 윤곽과 거리감까지 파악할 수 있다.

이상한 곳이다.

"여기가 정령계? 상상이랑 제법 다른데."

네림이 주변을 둘러보면서 말했다.

나도 같은 의견이었다.

그만한 정령이 사는 곳이니 숲이나 용이 있는 널찍한 대자연이라는 이미지를 멋대로 가지고 있었다.

문득 우리의 눈앞에 빛의 구슬이 부유 중인 걸 알아차렸다.

의식하지 않으면 존재를 인식할 수 없을 정도로 희박했다.

"시스템 갱신을 요구합니다…… 시스템 갱신을 요구합니다…… 시스템 갱신을 요구합니다…… 시스템 갱신을 요구합니다…… 시스템 갱신을 요구합니다……."

"이건 뭐냐."

리프가 강하게 경계하며 다가갔다. 나도 주위의 마력을 받아들일 준비를 시작했다. 탐지 마법에 걸리지 않는 정령에 주의하면서.

"시스템 갱신을 요구합니다……."

"흠, 안 되는구먼. 무해해 보이지만 부술까."

"'부순다'는 발화를 확인. 우선 사항에 따라 대화를 개시합니다. 전 시스템·아스테라입니다."

리프가 한 말이 결과적으로 빛의 구슬과의 의사소통을 가능하게 했다.

의도한 건 아니겠지만, 망가진 것처럼 똑같은 말을 하는 아스테라가 똑바로 된 말을…… 아스테라?

"아스테라?!"

제일 먼저 놀라서 말한 사람은 네림이었다.

소리아도 놀란 눈치였다.

"리프 씨가 신이 아니라고 하셨었는데, 이건……."

"기다리게."

성급히 결론을 내리지 말라는 듯이 리프가 손으로 제지했다.

그리고 날 보면서 이어서 말했다.

"지드, 탐지 마법은 어떻게 됐나?"

"이것 외에는 마력의 발생원은 없어."

풍경에 의태하는 정령은 그렇다 쳐도, 다른 개체마저 없는 건 이상하다.

여기가 정말로 정령계이고 이 빛의 구슬 외에 아무것도 없다면, 생각할 수 있는 경우의 수가 줄어든다.

제일 먼저 생각나는 건 아스테라의 함정에 빠진 경우다. 그 경우에는 당장이라도 이 폐쇄 공간을 공격하는 수밖에 없다. 하지만 지금은 일대의 마력을 변환해서 내 안에 한창 받아들이는 중이다. 이 공간에 떠도는 마력을 지배하에 두고 만전의 태세로 싸움에 임하기 위해 다른 가능성을 검토한 후에 움직여도 늦지는 않을 것이다.

다른 가능성. 즉, 이 녀석이 진짜 아스테라일 가능성이다.

"흠…… 아스테라여. 대화는 가능하다고 했는데, 넌 어떤 존재인지 설명할 수 있는가."

"그런 걸 물어볼 때가 아니잖아! 이 녀석을 부수면 끝나는 거 아냐?!"

네림의 말은 지당하다. 그래도 부주의하게 손대려고 하지 않았다. 냉정하네.

미래의 나의 말을 믿는다면, 아스테라는 외적에 대항할 수단을 가지고 있을 것이다.

이미 우리가 함정에 빠졌을 가능성을 제외하면 현재의 아스테라는 싸울 의지가 없는 것일지도 모른다.

아니, 의지라기보다는.

"전 시스템입니다. 더 이해하기 쉬운 말을 쓴다면 매직 아이템이 적절할까요."

아아, 그렇다.

이 차가운 느낌은 인간과는 거리가 멀다.

그렇다고는 해도 다른 생물일 가능성도 한없이 낮다는 생각이 들었다.

어떤 마물이라도 가지고 있어야 하는 것이 없었다.

그건 감정이다.

아스테라는 살아있지 않다. 감정이 없다.

우리와 같은 말을 하고 있지만 인간을 흉내 내고 있을 뿐인 존재로 느껴졌다.

지금의 아스테라는 전투태세가 아니다.

그건 의사에 따른 행동이 아니라 상황에 따른 행동 패턴을 따르고 있는 것에 불과하다.

리프가 계속해서 물었다.

"매직 아이템이라면 제작자가 있을 텐데?"

"현대로부터 약 1억 3,000만 년 전에 발생한 구인류의 손에 생성되었습니다."

"그 구인류는 여기에 있나?"

"이미 전멸했습니다."

그 대단한 리프도 말문이 막혔다.

머리가 멋대로 아스테라의 말을 엮어나갔다.

아스테라는 과거의 초기술로 만들어진 매직 아이템이고.

이미 주인이 없는 매직 아이템이 혼자 가동하고 있었다는 것이다.

그게 아스테라의 정체였다.

"──잠깐만요. 그보다 먼저 확인해야 하는 게 있을 거예요. 지금도 날뛰고 있는 정령은 당신이 움직이고 있는 건가요?"

소리아는 잘 보고 있다. 잘 생각하고 있다.

그건 그녀 입장에서는 호기심보다 더 중요한 것이며, 잊어서는 안 되는 것이었다. 지금도 계속 커지는 사람들의 비명을 잊지 않았다.

"아뇨. 정령은 자율적으로 행동하는 생물입니다. 대륙에 보냈지만, 생명 활동을 멈추는 건 불가능합니다."

"그러면 여기로 돌려놓는 건 가능한가요?"

"가능합니다. 전 개체 회수까지 약 3년이 걸립니다."

"3년이라니, 터무니없는 시간이네."

네림이 불쾌감을 담아 말했다.

보내는 건 단기간이었는데 회수에는 배 이상의 시간이 필요하다니.

"그럼 가능한 한 빨리 되돌려주세요. 아주 급해요."

소리아의 태도는 의연했다.

하지만 애초에 정령을 보낸 장본인이 아스테라다.

설마 따를 리는 없으니 어떠한 교섭을 해야만 할 것이다.

그런 내 생각은 어리석었던 모양이다.

"알겠습니다."

아스테라는 정말로 자신이 인간에게 사용되는 매직 아이템이라는 듯이 명령을 충실하게 따랐다.

"그걸 증명할 수 있나요?"

"여기에 현재 대륙의 모습을 비추겠습니다."

그러자 하얀 공간에 여러 영상이 나타났다.

웨이라 제국과 이름도 모르는 황야, 크제라 왕국도 있다.

각각 전투의 흔적이 보였다. 다친 사람들이 쓰러져 있거나, 무너진 건물의 모습 등.

망연한 표정으로 검을 쥐고 있는 사람도 있는데, 정령이 갑자기 사라져서 당황한 것이라는 걸 연상하기는 어렵지 않았다.

이것만으로는 완전하다고 할 수 없다.

하지만 이 이상을 요구해도 의문에 대한 답은 나오지 않고 결과는 변하지 않을 것이다.

아스테라는 소리아의 지시에 따를 뿐이었다.

어이없을 정도로 순순했지만, 네림을 포함해서 우리의 독기는 빠지지 않았다. 그만큼 아스테라가 일으킨 재해는 크다.

이 녀석을 완전히 믿을 수 있을 리가 없다.

"말을 꽤 잘 듣는구먼."

"지드의 존재는 경이적이며, 저항은 리스크가 따른다고 판단했습니다. 대화로 해결하기를 소망합니다."

"뭐야. 항복한 거야?"

"항복이 아닌 조건의 제시입니다."

미래의 내가 한 말을 생각하면, 전투가 일어날 가능성은 0%가 아니다. 여기서 교섭이 결렬된 순간부터 적이 된다.

그걸 이해하고 리프는 되도록 상대를 알려고 한 발 내디뎠다.

"이보게, 들려줬으면 하네. 정령은 자네의 지배를 받는가?"

"네."

"그러면 자네가 대륙 침공을 촉진했나?"

"네."

어금니를 깨무는 소리가 들렸다.

그 소리는 소리아한테서 난 것인가, 네림한테서 난 것인가. 아니면 나한테서 난 것일지도 모른다.

누구한테서 난 것인지 모를 정도로 모두가 공통된 분노를 느끼고 있다는 건 확실했다.

"왜 그런 선택을 했나? 이유를 가르쳐주게."

"이 설명에는 오랜 시간이 걸립니다."

그렇게 아스테라가 운을 떼자 리프가 '상관없다'고 대답했다.

"우선 제 존재 이유는 무한한 에너지를 확보하는 것이었습니다. 그 답 중 하나로 마력을 들 수 있습니다. 마력은 만능 에너지이며 구인류가 바라 마지않던 꿈이기도 했습니다. 하지만 구인류가 절멸을 맞이하는 그때까지 바람을 이루지 못했고, 그 꿈은 저에게 맡겨졌습니다."

"마력을 발견하지 못했나요……?"

소리아가 이상하다는 표정을 지었다.

확실히 우리에게는 몹시 새삼스러운 일이었다.

이렇게나 가까이에 있고 만질 수 있는 것이다. 그걸 발견하지 못했다는 건 이해가 안 된다고 해야 할까.

"당시에 마력은 가설 중 하나에 불과했습니다. 천만 가지의 가설을 검증하여 유일하게 발견한 에너지가 마력입니다. 여러분이 친숙하게 느끼는 마력은 오랜 세월에 걸친 연구 개발 결과, '보통'이 된 기술입니다."

즉, 마력 자체가 아스테라가 가져온 것이라는 뜻이다.

"그리고 이 마력이라는 존재를 무한하게 하는 방법을 검증했습니다. 약 5만 가지 방법을 약 700회의 문명 리셋을 거쳐 실험하여 해답을 발견하였습니다. 자연의 마력을 자신의 마력으로 무한히 변환할 수 있는 존재의 등장입니다. 다만 이 해답은 우발적인 탄생으로만 기대할 수 있는 인체였습니다."

"설마…… 나인가?"

"네. 하지만 탄생 시점에는 완전한 성공이라 하기에는 시기상조였습니다. 대상은 마력 변환을 버틸 수 있는 몸을 획득할 필요가 있었습니다."

"금기의 숲속……."

거긴 내 고향이라고도 할 수 있는 곳이다.

위험이 많으며 자연스럽게 떠도는 마력량이 많은 곳이다.

그렇기에 마법을 쓰는 마물의 수는 헤아릴 수 없어서 스스로를 단련하기에는 충분하고도 남는 곳이다.

"하지만 경과 관찰 도중에 상정 밖의 사태가 발생했습니다. 미지의 존재에 의해 정보가 차단된 것입니다."

그게 금기의 숲속에서 태어난 또 하나의 인격──두 명째 나라는 말은 아무도 아스테라에게 하지 않았다.

아스테라가 담담하게 계속하는 말에 귀를 기울일 뿐이었다.

"결과적으로 대상인 지드와의 대화나 감시를 간접적으로만 할 수 있게 되었습니다. 하지만 이 실험은 여기까지 이르는 과정만으로도 과도한 어려움을 겪었기 때문에 결과를 내지 않고 포기할 수도 없어서 속행하기로 했습니다. 지드 감시에는 조직적인 관리가 필요했습니다. 아스테라의 추종자를 비롯한 존재가 그에 해당합니다. 지드를 만들 때부터 창설한 조직이나, 지드 이외에도 다양한 목적 달성을 위해 범용적으로 활용되었습니다. 그들의 보고로 이 단계에는 아직 마력 변환이 발현하지 않았다고 판단했습니다."

"그러나 실제로는 발현되고 있었다고?"

리프가 보충하듯이 확인했다.

"네. 지드와 비슷한 존재는 수많은 문명에 존재했습니다만, 모두 실패했기 때문에 성공할 가능성은 희박하다고 분석했습니다. 그런 이유로 다른 실험에 리소스를 할애하였으나, 결과적으로 관측의 정확도를 낮추는 일이 되고 말았습니다."

"있잖아, 신경 쓰이는 게 있는데. 아까부터 몇 번이나 나오는 다른 문명이라는 게 뭐야."

네림이 말을 막았다.

리프의 질문에 대한 대답보다 먼저 알아두고 싶은 것이었을 것이다.

확실히 나도 신경 쓰이긴 했다.

"지드가 존재하는 문명이 만들어질 때까지 수많은 문명을 창조하고 멸망시켰습니다. 이번 대륙 침공은 문명 리셋을 의도한 것입니다. 현재의 문명은 이미 진화의 특이점이며, 저희에게 위협이 된다고 판단했습니다."

"".....!""

너무나도 단적이고 무자비한 대답에 혐오감으로 가슴이 가득 찼다.

소리아의 안색은 창백해져 있었다.

문명 리셋은 몇 번 이루어졌지?

그동안 얼마나 희생된 거지?

나 하나를 만드는 것만으로도 힘들었다고 했는데, 얼마나 터무니없는 여정이었을까. 뇌리에 엄청난 사체가 쌓인, 피로 물든 길이 저절로 떠올랐다.

"이상하군. 지드는 무한한 마력을 생성할 수 있게 되었는데, 이걸 실패로 판단하는 건가?"

리프가 반항심에 말을 세게 했다. 리프 나름의 저항이다.

난 말하고자 하는 기개조차 생기지 않았다.

"네, 실패입니다. 아까 말씀드렸듯, 지드의 존재는 우발적인 요인에 좌우되기에, 변수가 지드뿐이라면 경과 관찰을 위해 현재의 문명을 유지할 수도 있었습니다. 하지만 마법 기술의 진화 속도가 다른 문명의 추종을 불허할 정도이며, 시스템의 기간에 침입할 수 있게 되었습니다. 이 상황에서는 지드를 무한 에너지로 활용할 수 없습니다."

"유연함이 없구먼. 결국엔 매직 아이템에 불과한 건가."

리프는 비꼬듯이 말했다.

소리아가 입가를 손으로 막고 있었다. 구역질을 참고 있을 것이다. 그래도 필사적으로 입을 열고 물었다.

"······문명을 멸망시키는 이유는 무엇인가요."

"저희 이상의 문명은 존재해서는 안 됩니다. 저희의 문명을 능가하는 세력이 있으면, 이번엔 저희가 배제당할 위험성이 있기 때문입니다."

"말은 저희, 라고 하지만 이젠 자네 혼자밖에 없지 않은가. 아니, 혼자라 해야 할까, 하나라고 해야 하나."

"네. 하지만 제 의사는 구인류종 전체의 의사입니다. 구인류의 부활도 제 가동 목적 중 하나입니다."

리프가 팔짱을 꼈다.

눈을 감고 위엄 있는 얼굴로 미간을 찌푸렸다.

"흐~음. 어렵구먼. 솔직히 우리끼리는 어떻게 판단할 수 없군."

"생각할 필요 없잖아. 내버려 둘 이유는 없어."

네림이 검을 뽑았다.

이미 싸울 생각이 가득한 모양이다.

하지만 아스테라는 아직 싸울 기색은 보이지 않았다.

네림은 상대가 안 된다는 뜻인가.

경계할 가치가 없다는 뜻인가.

그걸 알아차리고 네림은 짜증을 숨기려고 하지도 않고 노골적으로 얼굴을 일그러뜨렸다.

　"전 대화를 원합니다. 그래서 이렇게 모습을 드러냈습니다. 원래라면 필요한 대처를 하는 경우도 있지만, 지드. 당신을 보고 대화가 가능하다고 판단했습니다."

　"……나?"

　"당신이 바라는 게 있을 것입니다."

　속을 꿰뚫어 본 듯이 말했다.

　아스테라가 그걸 어디서 알았는지, 혹은 예측했는지 알 수 없다. 하지만 실제로 내게는 아스테라에게 바라는 게 있었다.

　"기다려. 그 대화라는 걸 하기 전에 난 물어봐야만 하는 게 있어. 용사 파티라는 건 네 신탁으로 정해졌잖아. 용사를 비롯한 다른 멤버의 행동도 어차피 뒤에서 네가 조종했다고 생각해. 그래서 왜 그런 거야? 왜 사이가 틀어지게 한 거야?"

　"용사 등과 같이 드물게 종족에서 뛰어난 개체가 출현하는 경우가 있습니다. 그들은 무한 에너지 확보를 위한 재료로 필요한 존재였습니다. 실제로 지드의 부모는 용사 하토스와 성녀 아나키에라입니다."

　"그, 그건 선대의 용사와 성녀가 아닌가! 하지만 아이가 있다는 말은 못 들었네!"

　"네. 정보를 통제했습니다. 그들이 아이가 있다는 걸 발각당하면, 편의를 봐주는 사람들의 언동으로 인해 실험에 지장이 생기

리라 판단했기 때문입니다. 그리고 출산 전에는 용사 일행에게 제 목소리를 들려줘서 은둔 생활을 하게 했습니다."

"……내 부모님? 그럼 살아있어?"

별생각 없이 물어봤는데, 후회했다.

"아뇨, 지드의 출산과 신병 확보가 이루어진 뒤에는 예정대로 처분했습니다."

"처분이라니……."

"네. 살해입니다."

그나마 다행일까. 부모님에 대한 기억이 별로 없는 게.

하지만 가슴의 술렁임과 초조함은 아무래도 얼버무릴 수 있는 게 아니었다.

내 감정은 잘 알고 있다. 난 아스테라에게 살의를 품고 있다.

"어째서냐. 어째서 둘을 죽였나?"

그건 네림과 공통된 답을 구하는 말이었다.

여기까지가 아스테라의 서론이었다.

"개체로서 우수하기 때문입니다. 저희 이상의 문명을 구축할 수 있다는 건 위협이기 때문에 뛰어난 능력을 가진 자는 배제할 필요가 있었습니다."

"잠깐만. 그럼, 나랑…… 나랑 같이 있었던 용사 헤토아는……."

"그녀도 처분했습니다."

역시 아스테라는 차갑게 대답했다.

부들부들 떠는 네림이 고개를 저었다.

"그 애가 그렇게 쉽게 당할 리가 없어!"

"'아스테라의 추종자'에게 가족의 위치 정보를 파악하게 하여 인질을 잡게 했습니다. 파티 멤버를 살해한 후에는 용사도 자살시켰습니다."

"……그 녀석이 지키려고 한 가족은?"

"일부를 제외하고 무사합니다."

"일부?"

"문명을 구축하는 데 유전자는 중요합니다. 위험한 유전자를 가진 자, 적어도 용사를 출산한 부모와 형제 처분은 필요했습니다."

"……!"

나 같은 '무한 에너지에 이를 가능성'을 제외하면 강한 힘은 불필요하다는 뜻일 것이다.

용사 파티의 목적은 마왕 토벌.

그 마왕도 강한 힘이다.

다시 말해서 일련의 흐름은 강자와 강자를 싸우게 만들어 자연 도태시키기 위한 의식…… 인 걸까.

"전 프로그래밍 됐을 뿐인 존재입니다. 또한 그쪽은 우리에 의해 만들어진 존재이며 어디까지나 실험동물에 불과합니다. 감정은 비합리적이며 불필요한 상황이 많지만, 변질에 필요하기에 남겨졌습니다만."

"이게……!"

"단, 인질로 잡혔다가 살아남은 일부 친족은 '아스테라의 추종자'에 대한 반격에 성공했습니다. 그건 당신들의 감정에 따르면 기쁜 일이 아닙니까?"

아스테라의 말 한마디 한마디가 신경을 거슬리게 했다.

아스테라가 우리를 이해하려고 하는 건 어디까지나 관리하기 위해서다. 감정까지도 이해해서 사람의 운명을 쥐려고 하는 것이다.

이 녀석이 내리는 심판은 우리를 본질적으로 이해하지 못하고 있다. 살고 싶다던가, 다른 사람을 기쁘게 하고 싶다던가, 그런 건 시야 바깥에 있다. 그런 무기질적이고 독선적인 재단은 악의 그 자체이지 않은가.

분노와 증오가 이렇게까지 차오른 건 처음일지도 모른다.

"──이 거악을 여기서 죽이지 않으면 어쩌자는 거야. 우리가 여기에 온 목적은 이 녀석을 죽이는 거잖아."

냉정한 말투지만, 네림의 동공은 사납게 열려있었다.

"지드."

아스테라가 내 이름을 불렀다.

말하지 않아도, 그래, 알고 있다.

"……아스테라. 너한테 묻고 싶은 게 있어. 미래의 기술은 연명도 가능해?"

"뭐?"

네림의 '말도 안 된다'고 말하고 싶어 하는 듯한 목소리가 들렸다.

이제 와서 교섭할 필요가 있냐. 그런 뜻일 것이다.

"한도는 있지만, 연명 수단은 얼마든지 있습니다."

"리프는 앞으로 얼마나 있으면 죽지?"

"남은 수명은 열흘 정도겠죠."

"열흘?!"

소리아가 놀란 목소리를 냈다.

소리아와 네림은 못 들었다.

'설령 수명이 짧더라도, 전투에 영향이 생길 정도로 약해지진 않아.'

리프가 그렇게 말했었다.

그래서 그녀들에겐 필요 없는 걱정을 시키지 않기 위해 의도적으로 말하지 않았다.

나에게 말해준 건 죄악감이 있어서인가.

그래도 말해준 덕분에 지금이 있다.

"리프의 생명 연장은 가능한가?"

"지드! 자네, 설마!"

만약 지금 돌아봤다면 리프의 비난하는 듯한 시선이 시야에 들어왔을지도 모른다. 그러니 난 리프의 표정을 확인하지 않았다.

그저 아스테라의 대답을 기다릴 뿐이다.

"──리프의 생명 연장은 가능합니다. 그것도 장기간에 걸쳐 생존시키는 게 가능합니다."

"그러면 그 기술을 가르쳐줘."

"조건이 있습니다. 제 생존입니다."

"네가 적대하지 않는다고 약속하면 나도 건들지 않겠어."

"알겠습니다. 적대하지 않겠습니다."

여기까지는 아스테라도 나도 상상했던 대로일 것이다.

그래서 아스테라는 우리를 적으로서 맞이하지 않은 것이다.

이렇게 직접 대면해서 대화한 건 아마 이걸 노렸기 때문일 것이다.

"야, 약속이라니 뭐야? 이 녀석이 그런 걸 지킬 거라 생각하는 거야?!"

네림이 나에게 덤벼들었다.

그 마음은 아플 정도로 이해한다.

그래서 복수 이상으로 필요한 것을 머릿속 어딘가에서 우선순위로 정하고 있었다.

"적대하면 내가 쓰러뜨린다. 그러지 않는 한 살려둬도 좋아."

"그, 그럼 아스테라는?! 넌 지드의 말을 믿어?!"

네림은 이제 막무가내였다.

분명 아스테라와 적대하게 되면 그걸로 만족할 것이다.

아스테라를 쓰러뜨릴 구실이 있으면 그걸로 좋다.

내가 아스테라와 싸우게 하고 싶을 것이다.

하지만 아스테라의 안중에 네림은 없었다.

"기술 전승을 시행합니다. 이쪽을 봐주십시오."

"무슨……!"

아스테라가 네림을 무시하고 내 시야에 문자를 비췄다.

그건 마법에 관한 것이었다.

소리아가 네림과 내 사이에 섰다.

"아스테라는 지드 씨를 간접적으로라도 감시하고 있었다고 말했어요. 보험을 마련하는 건 가능할 것이고, 애초에 약속을 파기하지 않을 거라는 확신이 있겠죠."

"......!"

그래, 맞아.

난 약속을 지킬 생각이다.

네림도 그걸 알고 있어서 정색하고 화내는 것이다.

"지드, 기다리게. 잘 생각해야 하네. 아스테라는 지금 이 자리에서의 생존을 목적으로 삼고 교섭을 하고 있네. 적대하지 않는다는 말은 상황에 따라서 얼마든지 뒤집어질 수 있다네."

그것도 알고 있다.

하지만 알고 있어도.

"──리프. 처음 수명 이야기를 들었을 때는 놀랐어. 그래도, 뭐. 수명이 다했으니 어쩔 수 없다고 생각했어. 하지만 말이야, 미래의 나를 보고 생각을 고쳤어. 역시 지금의 내게는 리프가 필요해. 그러니 살아있으면 해."

미래의 난 괴로워 보였다. 힘들어 보였다. 쓸쓸해 보였다.

나 혼자의 힘은 미미하다.

시간은 흐른다. 세상도 움직인다. 그 속에서 내가 1초에 할 수 있는 일은 한정된다. 하지만 협력해주는 사람이 있다면 1초에 할 수 있는 일은 더 많아진다.

그러니 리프가 있으면 내 미래도 변할 것이다.

분명 함께 짊어져 줄 것이다.

"웃기지 마! 아스테라가 폭주하면 또 얼마나 많은 희생자가 나올 줄 알아?!"

"지드 씨……. 만약 저희로서는 대처할 수 없을 정도의 문제를 아스테라가 일으키면 당신은…… 어떻게 하실 생각인가요?"

나와 아스테라의 교섭은 무모하고 경솔하다. 혹은 지금까지 쌓아온 것을 부정하는 짓이다.

"만일의 경우에는 미래의 내가 있어."

리프가 아스테라를 봤다.

아마 미래에 관한 이야기를 들려줘도 되는지 고민했을 것이다.

나도 같은 생각을 했는데, 아스테라는 미래나 과거에 관해서는 아무것도 할 수 없다. 그래서 우리에게 이렇게 쉽게 침입당하고, 미래의 나에게 토벌당한 것이다.

"그 지드는 아마 역사의 흐름이 확정된 미래 세계의 지드…… 따라서 과거가 어떻게 되든 상관없지. 과거에 간섭하는 것도, 다른 시간 축이 생겨나 자신의 미래 세계를 위협할 정도로 변화한 세상의 탄생을 두려워하고 있을 뿐일 거야."

"아니, 그런 생각은 안 해. 그 녀석은 우리를 걱정해서 보러 와줬잖아. 그리고 말했지. 과거를 몇 번이나 구했다고. 그렇다면 이 세계는 괜찮아. 난 리프의 생명을 연장하고 싶어."

"납득이 안 돼…… 납득이 될 리가 없잖아?!"

"나도 이 녀석을 죽이고 싶어. 하지만 그 이상으로…… 리프가 없어지면 곤란할 것 같아. 그리고 이건 내 고집이야. 리프가 내 인생을 바꾸는 계기를 줬어. 운명을 거슬러서라도 난 리프를 살리고 싶어."

결국 어떤 미래를 선택하는지는 내 하기 나름이다.

아스테라와 싸울 수 있는 건 나뿐이다.

그래서 네림도 참고 있다.

"……잘됐네. 정말. 난 틀리지 않았어. 네가 싫은 이유를 잘 알았어. 좋아, 마음대로 해. 어차피 난 널 막을 수 없어."

"결의 여부는 이해했습니다. 전 지드 씨의 판단에 따릅니다."

네림과 소리아는 동의했다. 하지만 리프는 수긍하지 않았다.

"아니, 반대다. 자네가 살리려고 해도 이 몸은 자살을 선택할 것이네."

"어째서……."

"아스테라는 위험하네. 그리고 개인적인 감정으로도 싫어하고 있지. 잊었는가. 이 몸의 파티 멤버도 이 녀석에게 죽었어. 이 몸은 아스테라를 쓰러뜨리기 위해 지금까지 살아왔다."

"……."

그럼 어떡하면 좋은가.

나도 고집을 부릴까.

리프가 자살을 선택한다고 해도 아스테라와의 약속을 지킨다고 해야 하는가.

하지만, 그렇지 않은가.

만약 내가 리프가 죽어도 약속을 지킨다고 하면?

내 힘이 없으면 아스테라는 쓰러뜨릴 수 없다.

그렇게 되면 리프의 자살은 헛된 짓이 된다.

리프가 그런 헛된 선택을 할까.

그런 짓을 해도 단순한 협박일 뿐이다.

아니, 협박도 필요할 것이다.

그렇다면, 하지만.

내 생각이 정리되기 전에 리프가 난처한 듯이 입꼬리를 살짝 올렸다.

"──자네의 출생을 듣지 않았다면, 그렇게 대답했겠지. 이 몸은 전전대의 파티 멤버였다고 말했었지. 물론 다음 세상을 짊어지는 전대 용사들과는 친하게 지냈다. 그 녀석들이 비참한 말로를 맞이할 것을 알고 있어도, 이 몸은 아무것도 해주지 못했다……."

책임을 져야 한다고 느꼈다, 그렇게 말하면서 리프가 계속해서 말했다.

"그 녀석들이 살아왔다는 증거를, 보물을, 지드를 잃을 수는 없다고 생각했네. 마지막까지 돌봐주는 게 이 몸의 책임일지도 몰라."

"리프……."

119

자애에 찬 눈이 날 바라봤다.

리프도 긍정했다.

하지만 바로 노려보는 듯한 표정을 지어서 내 마음을 흔들었다.

"하지만 칭찬받을 만한 선택이 아니다. 그것만큼은 잊어서는 안 된다."

그래, 그렇지.

그건 아주 잘 알고 있다.

분명 모두 똑같은 생각을 하고 있을 것이다.

그래, 모두가.

제3화 미래와 현재와 과거

"실라."

날 부르는 소리가 들려서 돌아봤다.

열화와 같은 머리카락을 가진 아름다운 여자가 형세를 내다 봤다.

"왜 그래? 쿠에나."

"정령이 사라진 것 같지 않아?"

"응, 이제 괜찮은 것 같아! 직감이지만!"

"네가 그렇게 말한다면 괜찮겠네."

쿠에나에게 칭찬받아 나도 모르게 입에서 '에헤헤' 하고 느슨한 소리가 나왔다. 전장이니 방심하면 안 되지만, 주위에는 쿠에나 외에도 유이가 있다.

지금은 웨이라 제국의 수도 탈환 작전 중이다.

정령의 침공이 특히 심했지만, 지금은 성벽 안쪽에 기척이 없 었다. 이렇게 현재 위치인 왕성의 일각까지 점령할 수 있었다.

"응."

유이가 소리를 냈다. 아무래도 그녀도 감지한 것 같다.

나와 유이가 동시에 달렸다.

"자, 잠깐만, 무슨 일이야!"

쿠에나도 허둥대면서 우리의 뒤를 따라왔다.

달려간 곳에는 지드가 있었다.

지드는 우리의 모습을 확인하자 한 손을 들고 싹싹하게 웃는 얼굴을 보여줬다.

"여, 건강한 것 같아 다행…… 왓."

"지드!"

내가 우반신을, 유이가 좌반신을 각각 가져갔다.

따뜻하고, 좋은 냄새다.

몇 번이고 몇 번이고 얼굴을 문질렀다.

부비적대고 있으니.

지드 뒤에서 낯익은 얼굴이 쑥 나왔다.

황금색 눈동자가 이쪽을 보고 있었다.

"왓!"

엄청 가까워서 나도 모르게 몸을 젖혔다.

"훗훗호, 놀라게 해버렸구먼."

차분한 목소리 톤만 들으면 왠지 수염을 기른 노인 같다는 착각도 들었다.

리프.

귀여운 외모를 지니고 있어서 노화와는 거리가 먼 듯한 느낌이 드는 존재다.

하지만 오늘은 뭔가 평소보다 더 이상한 느낌이 들었다.

"어라~? 왠지 지드랑 리프가 이어져 있다는 느낌이 들어!"

"잘 알아차렸네. 리프에게 마력을 공급하고 있어. 하루의 절반 정도는 이렇게 몸의 일부를 붙여둬야만 해."

호오, 뭔가 에로스의 느낌!

잘 보니 리프는 지드에게 업혀있었다. 약간 부러웠다.

"왜 그렇게 된 거야? 그보다 네림의 심기가 노골적으로 안 좋은데, 무슨 일이 있었던 거야?"

"……."

쿠에나의 물음에 네림은 고개를 숙인 채로 입을 다물고 있었다.

게다가 옆에 있는 소리아까지 어색해했다.

이, 이건……!

결국…… 네림까지……?!

그런 농담은 못 할 것 같다.

그 정도로 분위기가 엄숙했다.

흠, 거북하네!

자 그럼, 뭔가 타개책을 생각하자.

──섬뜩

겨울의 한기가 등골을 훑는 듯한 오한이 일었다.

"이렇게 됐나."

귀에 익은 목소리와 비슷하지만 조금 달랐다.

그리고 무서웠다.

쭈뼛쭈뼛 목소리가 난 쪽을 보니 미래의 지드가 서 있었다.

아무도 입을 열지 않았다.

내가 정말 좋아하는 얼굴이지만, 다른 사람이기도 한 그가 입을 열었다.

"말했잖아, 아스테라에게 패배하는 미래는 무수히 있어. 이 선택은, 패배야. 이 녀석을 살려둔 미래에는 뭐가 남지? 살려둬도 좋을 일 없어."

"저, 저저, 저의 보전을…… 야, 약소……."

"난 너와 약속한 지드가 아니거든."

미래의 지드의 손에는 빛나는 구슬이 있었다.

그건 삐걱삐걱 소리를 냈고, 마지막에는 거울이 깨지듯이 작은 파편이 되어 흩날렸다.

"너!"

"현재의 너와 미래의 나…… 어느 쪽이 강한지는 명백하잖아. 뭐, 우리끼리 싸우면 결판이 나기도 전에 세계가 먼저 부서지겠지만."

이야기가 이해가 안 된다.

하지만 지드가 분한 듯한 표정을 짓고 있었다.

내가 모르는 곳에서 지드가 괴로워하면 왠지 불안해진다. 지드는 신뢰하지만, 역시 쭉 같이 있고 싶은 만큼, 난 그가 괴로워하는 얼굴은 보고 싶지 않고 모르는 게 많아지는 걸 원치 않았다.

"어쩔 생각이지?"

"어쩌냐니, 잘 됐잖아. 스스로 처리할 필요가 없어졌어. 어떻게

인정에 얽매인 건지 모르겠지만, 그대로 뒀으면 아스테라에게 세상이 멸망했을지도 모른다고?"

"그런 말이 아니야. 이건 안이하게 미래를 바꾸는 짓이 아닌가? 괜찮아? 네가 그런 짓을 해도."

"아니, 내가 간섭하면 그 시점에 세계가 분기해. 그러니 지금까지 관여하지 않았지만, 필요한 간섭은 하는 수밖에 없어. 하지만 안심해. 이 세계에서는 더 이상 아무것도 안 해."

"이 세계에서는……? 그럼 다른 세계는?"

지드와 지드만 대화를 나눴다.

나를 포함한 다른 사람들은 철저하게 방관하고 있었다.

"상당히 경계하고 있네."

미래의 지드가 어깨를 으쓱였다.

그의 모습을 보고 움찔한 사람은 몇 명일까.

루이나가 붕괴한 건물에서 얼굴을 살짝 보였다.

"이거이거, 이야기를 듣고 있었는데 미래의 지드도 아직 버릇이 고쳐지지 않은 것 같군. 뭐, 난 지드의 아내니까? 알아차렸지만?"

"아쉽게 됐네. 나도 알아차렸어. 그것도 네가 알아차리기 전에 알아차렸거든."

"호오? 잘도 그런 말을 하는구나, 동생이여. 정말로 알고 있나? 아무렇게나 큰소리 쳐버려서 속으로는 갓 태어난 새끼 양처럼 부들부들 떨고 있는 건 아닌가?"

"좋아. 그럼 같이 답해보자."

"좋다, 그럼 간다."

"──미래의 지드는 거짓말을 하고 있어! 지드는 거짓말을 할 때 손을 꽉 쥐는걸!"

카드 게임을 할 때 발견한 버릇이다.

지드는 평소에도 전투를 의식해서 버릇을 만들지 않도록 하고 있다. 하지만 항상 같이 있고 계속 보고 있는 우린 알아차릴 수 있다.

유이가 옆에서 고개를 끄덕끄덕 끄덕였다.

쿠에나와 루이나의 시선이 무섭다.

아무래도 내가 나설 차례가 아니었던 것 같다.

같이 답한다고 이야기해서 말한 건데…….

"……하아. 무의식중에 죄악감을 느껴버린 걸지도 모르지. 그런 버릇이 있는 줄은 몰랐어."

미래의 지드가 자기 손을 바라보면서 한숨을 쉬었다.

지드가 물었다.

"뭘 할 생각이야?"

"물어봐서 어떡할 건데?"

"듣고 나서 생각할 거야."

"그건 그렇네."

미래의 지드가 하핫, 하고 웃으며 배를 잡았다.

하지만 웃은 건 잠깐뿐. 금방 진지한 표정을 짓고 입을 열었다.

"아스테라한테 무한한 에너지에 대해 들었지?"

"그래. 내 몸은 마력을 무한히 만들어 낼 수 있다는 이야기지."

"맞아. 그 몸을 만들기 위해 아스테라는 몇 번이고 몇 번이고 문명을 멸망시켜 왔지. 그리고 그 비극은 온갖 세계의 우리도 덮치지. 그걸 막을 방법이 있다."

"막을 방법?"

"그래. 무한한 마력으로 과거로 거슬러 올라가 아스테라의 계획을 파괴하는 거다."

리프가 턱에 손을 댔다. 뭔가 생각하는 몸짓을 했다.

"그런가. 아스테라의 계획을 사전에 막는 게 가능한가……."

리프가 나지막이 중얼거렸다.

난 대화 내용이 이해가 안 되지만, 일부 사람은 이해가 되는 듯했다.

그리고 분명 중요한 일일 것이다.

방해할 수는 없다. 그렇게 생각하고 있었다——.

"물론, 쓰는 건 내 몸이지?"

"마력 변환도 거저가 아니야. 상당량을 변환하려면 그에 상응하는 코스트가 들지. 몸은 부하를 견디기 위해 수면 상태에 들어가겠지. 다시 말해서 계속 자는 상태가 되는 거다. 당연히 내 몸을 쓰는 건 불가능하다. 그래서 잠든 과거의 나와 나 사이에 마력 공급로를 연결해서 무한한 마력을 이용하겠다."

"——그런 건 안 돼!"

나도 모르게 말이 나왔다.

별생각 없이 말이 튀어나왔지만, 다시 생각해도 싫다.

계속 잠들어 있다는 건 지드와 못 놀게 되는 거지? 같이 못 있게 되는 거지? 몸은 있는데 혼은 다른 곳에 있는 거지?

그런 건 싫다.

난 지금의 지드가 좋다. 미래의 지드나 과거의 지드는 소중한 사람일지도 모르지만, 좋아하는 건 지금의 지드…… 하지만 그 시대별로 내가 있다. 그 시대의 지드를 좋아하게 된 나다. 그런 내 마음을 생각하니 참을 수가 없었다.

"……과거가 안 되면, 미래의 내 몸을 쓰라고?"

"그것도 안 돼."

부정하는 말을 별로 쓰고 싶지 않다. 하지만 무심결에 감정이 그대로 나와버린다.

쿠에나와 모두가 언성을 높이는 날 놀란 눈으로 봤다.

"그럼, 어떻게 하라는 거야."

그건 위압……이 아니다.

오히려 그 반대에 있는 듯한 목소리였다.

여리고, 당장이라도 무너질 듯한 목소리를 그대로 내며 미래의 지드가 계속해서 말했다.

"알아. 나도 비슷한 기분이야. 괴롭고, 슬프고, 난 분명 너희에겐 쓰레기 같은 녀석이겠지.

하지만 이것 말고는 방법이 없어. 너희는 본 적이 없어. 아스테라에게 멸망당한 세계를. 하지만 난 몇 번이고 봐왔어. 세계는 점점 더 틀어질 거야. 내가 간섭할 때마다 분기해서 지금까지와는 다른 일그러진 세계가 생겨나겠지. 그러니까 난 알고 있어. 내가 구한 세계도 있는가 하면, 구하지 못한 세계도 있어. 구하지 못한 세계에서는 모두 죽었어. 나도, 쿠에나도, 실라도…… 모두. 인간뿐만이 아니야. 마족과 엘프, 수인족도 전멸했어. 한 명도 못 살아남았어. 그런 건 용서할 수 없잖아. 그러니 모든 세계의 아스테라를 모조리 파괴해야만 해."

지금까지 봐온 처참한 모습을 비통한 목소리로 전했다. 그건 상상도 못 할 고난일 것이다. 직접 가슴을 쳤다.

난 그 이상 아무 말도 할 수 없었다.

"흠. 한데, 몸 하나만으로 충분한가?"

리프가 턱에 손을 대면서 생각에 몰두한 듯한 기색으로 물었다. 어떻게 보느냐에 따라서는 중얼거리는 것 같았다.

"이론상으로는 문제없겠지만, 부족하면 다른 세계에서 새 몸을 찾아내서 쓸 수밖에 없겠지. 아무리 무한한 에너지를 만들어 낼 수 있는 몸이라고 해도 불로불사 마법이라도 발명하지 않는 한, 언젠가 수명이 다하는 때가 찾아와. 만들어 낼 수 있는 에너지는 무한해도 시간은 유한하다는 말이야."

"알고 있잖나. 역시 무한한 과거를 무한한 에너지로 구하려고 해도 끝이 보이지 않는 느낌이 드는구먼."

리프가 눈살을 찌푸리고 충고했다.

미래의 지드는 매달리는 듯한 눈빛으로 리프를 봤다.

"그럼, 리프는 대신할 방법을 알고 있어?"

"글쎄. 멸망한 세계를 실제로 본 게 아니니, 자네의 분노를 완전히 이해하는 건 불가능하겠지."

"……그렇겠지. 그러니 난 내 길을 걸을 뿐이야."

그건 결별이다.

난 어떻게 하면 좋을까.

그 대단한 루이나와 리프가 아무 말도 못 할 것 같다. 무엇이 정답인지 모르기 때문이다. 쿠에나도, 유이도. 네림과 소리아도.

하지만 지드는 달랐다. 미래의 지드가 아니다. 현재의 지드다.

"멋지네."

그건 조금 의외의 말이었다.

미래의 지드도 망설임을 보이고 있었다.

"……멋있어? 내가?"

"그야 뭔가 현명한 말을 하고 있잖아. 리프랑 그렇게 대화할 수 있다니, 지금의 내가 보면 멋있어. 에이젤이랑 상의했어?"

"그, 그건……."

미래의 지드의 말문이 막혔다.

부끄러워하는 걸까.

"신중하지만 멋져. 나도 분명 멸망한 세계를 보면 똑같은 일을 열심히 했을 거야. ……하지만 말이야, 너무 신중해."

"……."

"막을 거야. 네가 나아가는 길 앞에 있는, 누워만 있는 우리가 불쌍해."

단적인 말이었다.

나와 같은 감정이다.

미래의 지드도 '하지만 결국 다른 지드잖아'라고는 말하지 않았다. 그 역시 같은 마음인 것이다.

"——막아봐. 할 수 있으면."

그렇게 말하고 미래의 지드가 마법을 썼다.

"아스테라를 없애는 데 그런대로 힘을 썼어. 그리고 급히 구해야 하는 세계도 있어. 다음에 만날 때가 결판을 낼 때다."

전이하듯이 순식간에 사라졌는데, 분명 원래 세계로 돌아갔을 것이다.

◇

아연실색한 분위기가 감돌았다.

미래의 지드의 방문이 너무 갑작스럽고 어려운 이야기를 했기 때문일 것이다. 나처럼 이해하기를 포기한 사람은 몰라도, 리프는 골치를 썩이고 있는 듯했다.

이럴 때의 태도로 성격이 나올 것이다.

"크크큭."

루이나가 갑자기 웃었다.

그리고 지드를 봤다.

"지드, 상당히 재밌는 질문을 하더군."

"어? 무슨 말이야?"

쿠에나가 되물었다.

자기도 못 알아차린 것을 루이나가 알아차렸다. 그 사실에 약간 불만스러운 듯했다.

"미래의 난 분명 누구와도 상의하지 않았을 거야."

의문에 답한 건 지드였다.

그리고 루이나가 고개를 끄덕였다.

"그렇지. 상의했냐고 물었을 때 상당히 동요하고 있었다."

"부, 부끄러워하는 줄로만 알았어……!"

충격적인 사실에 감상이 튀어나왔다.

"그럴 가능성도 있다고 생각하지만, 실라 씨는 미래의 지드 씨와 접했을 때 어떻게 생각했나요?"

"그다지 기분이 좋지는 않았어요."

손을 확 들었다.

소리아는 말투도 맞물려서 선생님 같은 분위기가 있어서 자연스럽게 긴장됐다.

"네. 그럼 미래의 저희는 어떻게 생각할까요?"

"그건…… 똑같으려나?"

"저도 실라 씨와 같은 의견이에요."

소리아가 웃었다.

그렇구나!

흠.

…………흠?

리프처럼 턱에 손을 대봐도 현명해지진 않는다. 그것만큼은 알았다.

"다시 말해서 미래의 우리와 상의했다면 제지당했다는 거 아냐?"

이해하지 못하는 나를 보다 못해서 쿠에나가 구원의 손길을 내밀어줬다.

확실히 그렇다면 단순히 부끄러워하기만 하는 게 아니라는 설명이 된다.

만족해서 고개를 끄덕인 날 보고 루이나가 입을 열었다.

"그럼――."

"난 미래의 지드의 의견에 찬성이야."

네림이 루이나의 말을 가로막았다.

"네림?"

잘못 들은 줄 알고 되물어봤다. 하지만 네림은 망설임 없이 곧은 눈빛으로 지드를 보고 있었다.

"아스테라는 용납할 수 있는 존재가 아니야. 그건 이상하게 폭주한 매직 아이템이야."

"그럼 미래의 지드 씨가 하려는 일은 용납할 수 있나요?"

소리아가 물었다.

"비교 대상은 아스테라야. 물론 용납할 수 있어. 지드도 마법 기술이 진화하면…… 어쩌면 잠든 상태를 해소할 수 있을지도 모르잖아."

"그 근거는?"

루이나가 물었다.

"있을 리가 없잖아. 애초에 미래잖아. 그런 고도의 마법은 나한테는 무리야."

"그럼 가볍게 그런 말 하지 마."

쿠에나가 말했다. 쿠에나까지 말했다.

지드를 좋아하는 사람들 입장에서 보면 네림이 한 말은 용서할 수 있는 것이 아니다.

그래도 네림은 따지고 드는 세 사람에게 짜증 내는 기색은 보이지 않았다. 자신이 부정당하는 이유를 알고 있기 때문일 것이다. 그리고 어쩌면 그 기분을 알기 때문……일지도 모른다.

"……나도 딱히 이런 말은 하고 싶지 않아. 평소에 지드가 싫다고 하고 있지만, 그렇게까지 싫은 건 아니야. 그렇지 않았으면 같이 안 있었지. ──스틸비츠라고 알고 있지?"

네림의 시선이 지드에게 향했다.

지드는 고개를 끄덕이고 입을 열었다.

"그래, 위그랑 휘프가 왕족으로 있는 나라지."

"내가 좋아했던 여자 용사가 스틸비츠의 왕족이야. 혈연의 혈연…… 정도의 관계라서 그 위그나 휘프라는 사람은 먼 자손이지만, 넌 그 스틸비츠를 몇 번이나 구했다고 들었어. 그러니 넌 내가 좋아하는 사람의 '추억의 장소'를 지킨 거야. 싫어할 수 있을 리가 없지."

"너……."

네림이 마음을 연 것처럼 말했다.

아니, 원래부터 열긴 했었다.

다만 스스로 명확하게 이야기하는 일은 없었다. 그뿐이다.

"아니, 그래도 역시 싫지만."

"어느 쪽이야……."

그런 만담도 익숙하다.

난 둘의 사이가 나쁘지 않다고 생각한다.

"가슴을 만진 느낌이 아직도 남아있어서, 기분 나빠."

"가, 가가가, 가슴을 만져요?!"

소리아가 동요했다.

"그, 그건 실라의 몸에 빙의했을 때잖아?!"

"감각은 내 것이었어. 네 손으로 실제로 내 가슴을 만지는 것 같아서 화나."

내 몸인데, 난 모르고 느낌이 안 남아있어!

너무 부럽다…….

아니, 발칙해!

소리아도 '끄으응'이라며 입을 굳게 다물고 있었다.

"사, 사고였으니까 용서해 줘……."

"안 돼."

"불합리해……."

대화는 경쾌해서 네림도 진심으로 화내는 것 같진 않다.

원래라면 네림은 혐오감으로 가득해야 했을 것이다.

하지만 험악한 분위기는 조금도 느껴지지 않았다.

"그러니까, 진심으로 싸웠으면 해."

"진심으로……."

쿠에나가 말하다가 말았다.

그건 '진심으로 지드와 싸울 생각이야?'라고 물어볼 뻔했는데 네림의 자존심을 위해 멈춘 것처럼 느껴지기도 했다.

"죽일 생각으로 할 거야. 거절하지 않을 거지?"

네림이 살기를 띠었다.

나도 상당히 강해졌다는 자부심이 있지만, 네림의 오라는 겁이 날 정도로 심상치 않았다.

유이는 루이나를 지키듯이 서 있지만, 아마 유이도…….

그런 와중에 지드만은 슬픈 듯했다. 슬픈 것 같다고 느껴질 만한 여유가 있었다. 실력 차이는 명확하다.

"……어어, 그렇네. 좋아."

"무슨!"

놀란 사람은 소리아였다.

그녀는 평화를 추구한다. 누구도 상처받지 않는 세상을 바라고 있다. 훈련 정도라면 그냥 두겠지만, 네림은 죽일 생각이라 말했다.

지드가 그 말을 받아들인 게 예상 밖이라 반대하는 말이 튀어 나올 뻔했을 것이다. 하지만 지드의 눈빛을 보고 입을 다물었다.

"고마워. 받아주지 않으면 어떻게 할지 생각하고 있었으니까, 수고를 덜었네."

네림이 검을 들고 자세를 잡았다.

리프가 마법을 전개했다.

"그럼 장소를 바꾼다. 자네들이 여기서 싸우면 피해 예측도 안돼. 따라오고 싶은 사람은?"

리프가 보고 있는 건 나와 쿠에나였다.

확실히 두 사람의 전투에는 관심이 있었다.

진지한 승부이니 네림에게 실례일지도 모르지만, 더 높은 수준을 지향하고 싶은 마음은 조금 있다. 지드에게 공헌할 수 있는 일이 많아지는 건 좋은 일이니까.

"흥. 뭐, 지금은 너그럽게 봐주도록 하지. 난 지금 막 탈환한 수도에 대해 상의하고 오겠다. 유이도 따라와라."

"네."

그렇게 말하고 루이나와 유이가 방에서 나갔다.

남은 건 싸움에 말려들어도 문제없는 면면들뿐이다.

어쩌다 보니 리프도 흥미진진해하며 의욕을 보였다.

하지만 소리아만은 달랐다. 그녀는 걱정스럽게 보고 있었다. 다치면 바로 치료할 생각인 것이다. 착하다.

나, 쿠에나, 소리아가 손을 들었다.

"그럼, 전이."

풍경이 바뀌었다.

그곳은 황야였다. 사람의 모습은 없다.

네림의 검이 붕붕 하고 바람을 갈랐다.

"그럼, 시작한다."

소리는 없었다. 네림이 바람보다 빠르게 돌진했다.

검을 그어 올리듯이 휘둘렀다. 공기를 찢을 듯한 날카로움이다.

지드는 몸을 약간 비틀기만 했다. 검의 경로를 간파한 것이다.

하지만 지드의 눈앞에 육박한 네림은 격렬한 공세를 펼쳤다.

나였으면 어떻게 막을까. 막아낼 수 있을까? 피해 없이 싸울 수 있을까?

아니, 분명 지드처럼은 안 될 것이다. 네림의 속도는 대단하다.

치명상에 이르진 않겠지만 완전히 피하는 건 어렵다. 막는 건 더 어려울 것이다.

그래도 옛날과 비교하면 잘 싸우는 편이다.

전투력이 어중간했다면 네림의 첫 공격에 죽었을 것이다.

하지만 역시 지드는 격이 달랐다. 네림의 검은 옷을 스치지도 못했다. 마법을 섞어도 이기지 못했다.

네림이 짜증으로 얼굴을 일그러뜨렸다.

"내가 진심으로 죽일 생각으로 싸운다고 했지?! 난 정말 죽일 생각인데?!"

"넌 날 죽일 수 없어. 지금까지의 싸움으로 힘의 차이는 이미 알고 있으니까."

진심으로 치고받는 것도 죽이려고 싸우는 것도 가능하다.

하지만 그건 일방적인 싸움이 될지도 모른다.

아니, 그렇게 될 것이다. 보기만 해도 알 수 있다.

지드가 일격을 가하기만 해도 네림은 쓰러질 것이다.

하지만 지드는 손대지 않았다. 네림은 그런 행동에 화냈다. 각오를 짓밟히는 기분이었다.

"웃기지──!"

"난 제멋대로야. 네림이 싫다고 하는 것도 이해돼. 하지만 난 네림이 죽지 않았으면 해. 때리고 싶지 않아."

네림이 바라는 건 무엇이었을까.

그건 아스테라를 없애는 것이다.

미래영겁뿐만이 아니다. 과거의 아스테라도 포함해서 전부 없애는 것이다.

그래서 그녀는 미래의 지드의 의견에 찬성했다.

하지만 지금의 지드는 반대하고 있다.

그리고 네림은 지금의 지드를 거스를 방법이 없다.

네림은 지는 걸 싫어하니, 아무것도 하지 않고 자신의 의견을 억누르고 싶지 않았다.

"……그래. 그건 나도 마찬가지야."

네림이 검을 내렸다.

이제는 싸울 의지가 없는 듯했다.

"뭐냐, 벌써 끝인가? 모처럼 마법을 전개한 의미가 없잖나."

리프가 불만스러운 듯이 입을 삐죽 내밀었다.

네림은 그걸 보고 약간 지친 듯이 웃었다.

"믿기로 했으니까."

아아, 그런가.

그 한마디로 이해했다.

네림은 지드의 고집을 결과적으로 '좋은 것'이라 생각했구나.

네림은 싸움을 통해 찾고 있었다. 자신이 정말로 해야 할 일이 무엇인지를.

사실은 져서 깔끔하게 끝내고 싶었는데, '이 녀석을 이기는 것도, 지는 것도 아니다'라고 생각한 것이다.

"……이제 끝났어?"

"그래, 끝났어. 아무것도 할 수 없는 내가 할 수 있는 건 지드에게 맡기는 것뿐이니까."

네림이 어깨를 으쓱였다.

지금의 그녀에게 망설임은 없었다.

그런 네림을 보고 지드가 씨익 웃었다.

"그런가. 그럼 이제 할 일은 하나야. 미래의 나를 막을 방법이 생각났어."

"크크, 말해봐라."

리프도 비슷한 생각인지, 미리 짠 것처럼 웃고 있었다.

지드가 말했다.

"그래, 이름하여 '고자질 작전'이야."

◇

그 후로 며칠이 지났다.

웨이라 제국의 수도 복구는 놀라울 정도로 순조로웠다. 지금은 왕성에 돌아와 살고 있을 정도다.

아스테라에게 '옛 세계는 마력이 없었다'는 말을 들은 걸 떠올렸다. 마력이 없으니 마법 또한 존재하지 않는다는 뜻일 것이다. 그렇다면 복구는 이렇게 간단히 진행되지 않고 더 늦어지는 걸까.

마법이 없는 세상을 상상해 봤지만, 지금 상황과는 너무 동떨어져 있어서 단념했다.

적어도 마법이 있어서 왕성은 금방 복구됐다. 그게 사실이다.

그 왕성에는 큰 방이 있다. 그곳에 나와 쿠에나, 루이나, 리프가 모여있었다.

"그럼, 한다."

"그래, 힘내."

지금부터 미래와 과거를 바꿀 정도로 큰일을 하려고 하는데, 긴장감이 없다. 여기 모인 사람들도 딱히 이유가 있어서 모인 것도 아니었다.

솔직히 '사안이 중대한데 그렇게 적당히 해도 되는 건가?'라는

143

생각이었지만 큰 전투가 일어나는 것도 아니다. 리프와 루이나가 알고 있으면 될 것이다.

"끄으응……."

쿠에나가 눈을 감으면서 집중하고 있다.

이마에는 땀이 흘러서 열심히 하고 있다는 게 전해졌다.

"나 참, 지드에게 맡기면 순식간이잖아."

"시끄러워! 내가 하고 싶은 거라고!"

"캇캇카, 좋지 않은가. 노파에겐 젊은이의 도전하고 싶다는 의기가 늠름하네."

루이나가 불평하고 리프가 농담으로 얼버무렸다. 방해하는 것처럼 보이기도 하지만, 쿠에나의 마법은 느리지만 착실하게 전개되고 있었다. 대단한 집중력이다.

갑자기 루이나가 쿠에나의 뒤로 다가갔다.

"어디 보자."

"야 야, 위험해!"

마법은 복잡한 것이다.

순서 하나를 틀리면 치료 마법이 공격 마법으로 변하는 경우도 있다.

루이나가 손을 주물거리면서 쿠에나의 뒤로 다가가는 모습은 뭔가 안 좋은 예감이 들게 했다.

"자아, 벌써 며칠이나 기다리고 있다고!"

쿠에나의 가슴을 격렬하게 주물렀다. 평소 루이나의 성격으로는 생각할 수도 없는 일이었다.

루이나의 말대로 작전이 바로 시작되지 않은 이유는, 쿠에나의 고집 때문이었다. 쿠에나가 고난도 마법을 스스로 행사하고 싶다는 부탁을 해서 연습 기간이 생긴 것이다. 미래의 지드가 나타날 기미가 전혀 보이지 않아 가능한 일이었다.

쿠에나의 눈이 확 뜨였다.

"앗."

마법이 잘 구축되어 있었다.

루이나의 손에 잡힌 두 개의 언덕이 한층 더 크게 부풀었다.

"──뭐 하는 거야?"

쿠에나⋯⋯와 닮았지만 조금 다른, 약간의 짜증을 담은 어른스러운 목소리가 뒤에 있는 루이나를 향해 흘러나왔다.

그건 쿠에나의 성장한 모습이었다.

다시 말해서, 갑자기 나타난 건 미래의 쿠에나였다.

"호오, 순조롭게 미녀로 자랐구먼!"

리프의 말대로 절세미인이라 칭송받을 정도의 미녀가 거기에 있었다.

쿠에나와 루이나는 자매이고 루이나가 연상일 것이다.

하지만 현재는 나이가 역전됐다.

그 증거로 쿠에나의 압박감은 무시무시했고, 루이나가 장난을 들킨 아이처럼 동작을 딱 멈췄다.

"⋯⋯사, 사고다."

"핀포인트로 가슴을 주무르는 사고 말이지?"

"아아아, 아하아아아아……!(아파아아)"

미래의 쿠에나는 루이나의 볼을 꼬집으면서 혼냈다.

뭔가 분위기나 말하는 방식이 어머니 같다는 느낌이 들었다. 어른스러워진 모습은 물론이고, 뭔가 늠름하다는 느낌도 더해졌다.

◇

내가 생각한 '고자질 작전'의 개요는 이렇다.

미래의 내가 하려는 일을 미래의 누군가에게 전한다.

간단하면서 최고의 방법이라 생각한다.

나도 지금의 쿠에나에게 혼나면 시무룩해지니, 뒤가 켕기는 짓을 하는 경우에는 특히 효과적이지 않을까.

"――그렇구나. 요즘 뭔가 이것저것 하고 있다고 생각했는데, 그렇게 된 거구나."

미래의 쿠에나가 허리에 손을 대면서 말했다.

몸짓은 지금의 쿠에나와 그다지 변하지 않은 듯해서 뭔가 안심감이 싹텄다.

"쉽지는 않겠지만, 미래에서 어떻게든 막아주지 않을래?"

"그래, 반드시 막을게. 폐를 끼쳤네."

그 말에는 확고한 자신감이 있었다.

묘한 불안감이 들었다. 실패할 것 같아서가 아니라, 너무 쉽게 해결되는 모양새가 나를 불안하게 했다. 무슨 말을 하고 싶은 것인가 하면…… 분명 꽉 잡혀 살고 있겠지.

"설마 쿠에나에게 의지하게 될 줄이야."

루이나가 말했다. 위엄 있게 팔짱을 끼고 서 있지만, 아까 전까지 꼬집혔던 볼이 조금 빨갰다.

참으로 당당한 모습에 미래의 쿠에나는 지긋지긋하다는 표정을 지었다.

"왠지 안심되네. 넌 지금도…… 아니, 너희 입장에선 미래인가. 미래에도 전혀 변하지 않았어."

"변할 필요가 없으니까."

루이나는 대담하게 웃음을 지었다.

"후후, 변하지 않았다고 하니…… 그립네."

미래의 쿠에나가 리프의 머리를 쓰다듬었다.

자기 자식을 귀여워하는 듯한 눈길이다.

"어, 어이! 겉보기보다 훨씬 더 연상이라고! 미래에서 온 그대보다 오랜 시간을 살아있단 말이다!"

리프가 불끈불끈 화냈다.

하지만 쿠에나는 쓰다듬는 손을 멈추지 않았다.

"그렇네. 알고 있어. 알고 있었어. 넌 나이가 더 많지."

쿠에나와 리프는 이러니저러니 해도 사이가 좋다.

하지만, 그렇지.

저쪽은 확정된 세계라서 과거에 무슨 일이 있어도 역사의 흐름은 변하지 않는다.

그러니 리프는 10년 후의 미래에는 없다.

미래의 쿠에나가 그리워하는 것도 납득이 된다.

그걸 알아차리고 리프가 웃었다.

"뭐냐, 머리카락 한 가닥 정도라면 선물로 못 줄 것도 없다고."

"필요 없어."

쿠에나가 바로 대답했다.

그 대신 몇 번이고 리프의 감촉과 온도를 확인했다.

"뭐냐, 돌아가지 않는 거냐? 난 빨리 막으러 가줬으면 하는데."

"예 예, 알았어."

"그래서…… 또 오고 싶으면 미래의 지드에게라도 부탁해라."

그건 '또 와라'고 넌지시 말하는 것이나 마찬가지였다.

루이나는 괴멸 상태였던 왕성에서 제대로 환대도 못 해준 것을 미안하게 생각하고 있을 것이다.

동시에 '미래의 지드를 무사히 막아달라'고 전하고 있었다.

쿠에나와 루이나가 시선을 주고받았다.

이러니저러니 해도 피가 이어진 자매라는 생각이 들었다. 나도 알 수 없는 아이 콘택트를 하는 것 같았다.

"너도 뭔가 힘든 일이 있으면 불러. 특히 아이를 돌보는 건 각오하는 편이 좋을 거야. 아, 그래도 미래의 실라가 대단하니까 맡기는 편이 좋을지도 모르겠네."

"흥. 내 아이라면 분명 손이 많이 안 갈 것이다."

"오히려 루이나네 아이가 제일 손이 많이 가."

쿠에나가 이마에 손을 댔다.

아무래도 두통의 근원이라도 떠올린 모양이다.

"뭐, 좋다. 필요하다면 의지하지."

"그리고…… 네림은 조심해."

"뭐냐. 그 녀석의 아이가 제일 대단한가?"

"뭐, 손이 안 간다는 의미에선 그럴지도."

아니아니, 아무렇지도 않게 이야기하고 있는데 네림한테 아이가 있는 거냐. 아니, 대화의 흐름을 생각하면 나하고 네림 사이에서 생겼겠지만…….

바스락 하고 멀리 있는 수풀이 흔들린 느낌이 들었다. 저건…….

'하지만'이라고 말하며 미래의 쿠에나가 이어서 말했다.

"조심해야 하는 건 본인이야. 대체 어디서 본성을 숨기고 있었던 건지. 내가 아니라 네림을 불렀다면 미래의 지드를 더 잘 길들였을지도 모르지."

"……그렇군. 알았다, 조심하지."

대체 뭘 알았다는 건지.

평소에는 견원지간인 두 사람이 동맹을 맺은 것 같다는 느낌이 들었다.

그리고 미래의 쿠에나는 귀환해서 사라지고, 교대로 현재의 쿠에나가 돌아왔다.

"어때? 해결했어?"

쿠에나는 돌아오자마자 물어봤다.

"아무래도 해결될 것 같네. 그쪽은 미래 여행은 어땠나?"

리프가 눈을 반짝이면서 물었다.

미래의 광경이 궁금해서 참을 수가 없는 모양이다.

"아아, 뭔가 아이가 있었어. 귀가 길었으니까, 엘프가 아닐까? 왕성에 있었고 접대를 받았는데, 뭐가 뭔지."

"호오, 엘프라."

리프가 씨익 볼을 일그러뜨리며 나를 봤다.

과연, 아무래도 리프는 짚이는 데가 있는 모양이다. 그리고 우연하게도 나도 짚이는 데가 있다. 쿠에나와 루이나의 날카로운 눈빛이 날 꿰뚫는 느낌이 들었지만, 눈을 돌려 어떻게든 피했다.

아니, 아쉽게도 완전히 피할 수 없는 것 같다.

쿠에나가 이쪽을 향해 한 걸음 다가왔다. 추궁 태세다.

하지만 쿠에나가 입을 열기도 전에, 주위의 마력 흐름이 변했다.

"제, 제성합니다……."

눈에는 멍이 들었고 머리에는 혹이 나 있었다. 보기만 해도 무참한 모습으로 미래의 내가 나타났다.

일이 상당히 빠르네.

어째 효과는 즉각적인 수준이 아닌 것 같았다.

자신의 딱한 미래 모습에 나까지 괴로워졌다. 지금까지 느꼈던

관록이 완전히 사라졌다. 이게 나의 미래인가…….

"차, 참고로 무슨 일이 있었는지 물어봐도 될까?"

그런 질문이 제일 먼저 나왔다.

"쿠, 쿠에나가 모두에게 알렸어……."

"무, 물론 저항이라던가 그런 건 안 했겠지? 다치게 하고 싶지 않으니까. 그래서 그렇게 두들겨 맞은 거지?"

아무래도 땀이 났다.

냉정하게 생각해서 난 좀처럼 다치지 않는다. 얻어맞아도 상처 하나 생기지 않는다. 그만큼 몸이 튼튼하기 때문이다.

그런데 미래의 난 어떤가. 왜 이렇게 된 거냐.

희미한 기대를 품고 대답을 기다렸지만,

"……."

미래의 내가 입을 다물었다.

큰일이다. 멍하니 있을 수 없다. 내일부터 다시 단련하지 않으면 눈물로 베개를 적시는 미래가 올지도 모른다.

"그래서 생각은 고쳤나."

"그래. 계획은 에이겔과 나만의 비밀이었어. 하지만 에이겔은 더 이상 협력하지 않는다고 해서 어쩔 수 없어."

"흠, 그렇구먼."

그건 그렇고 깨끗하게 물러났네. 분명 미래의 나도 그렇게까지 내키는 계획은 아니었을지도 모른다.

"그런데 이제 어떡할 거야? 우리가 생각한 계획 이외의 수단이 너희에게 있어?"

"그것 말인데. 자네들이 생각한 수법은 단순히 비용 대비 효과가 안 좋다는 느낌이 드는군. 예를 들자면 다양한 세계의 지드에게 마력을 빌려서 과거의 아스테라를 매장하는 건 불가능한가?"

"빌려줄 거야?"

"자네들이라면 어떻게 할 텐가? 과거의 자신이 어려움에 부닥쳤을지도 모르는 때에 협력할 텐가?"

""협력하지.""

미래의 나와 말이 겹쳤다.

쿠에나가 입가에 손을 대고 '큭큭' 하고 웃었다. 귀엽다.

"하지만 말이야, 어쩔 수 없는 사정 때문에 빌려줄 수 없는 때가 있잖아?"

"자네가 마력을 빌려줄 수 없을 정도의 사정인가. 상상도 하고 싶지 않군. 하지만 그건 아스테라와는 다른 위협이 될 테니, 그때가 되어서 생각해야만 하네."

그 외에도 생각할 것은 많을 것 같다.

하지만 그런 조정은 차차 한다는 말일 것이다. 리프는 분명 어디까지나 대강의 계획을 짜고 있는 것에 지나지 않을 것이다.

"……그렇군. 근데 마력이 충분한가? 그리고 내가 말하는 것도 뭣하지만, 무한하게 존재하는 세계 전부를 구하는 게 가능할까?"

"지금은 뭐라 말할 수 없네. 다만 자네는 무한한 세계가 존재한다는 전제를 깔고 이야기하고 있네만, 그 존재를 증명하는 건 불가능하지 않나? 무한을 관측하는 건 불가능하니 말일세. 수가 많을 뿐이지 사실은 유한할지도 모르네."

"……그렇네, 그럴지도 모르지만."

미래의 난 약간 불만인 듯했다. 분명 걱정될 것이다. 계획을 진행할 수 없게 된 지금도 모두가 죽어버리는 사태가 일어나는 걸 우려하는 것이다.

"뭐, 안심해라. 이 몸의 수명은 누구 덕분에 연장되었으니까. 떠올려라. 과거와 미래를 오가는 마법을 개발한 건 누구냐? 차원을 넘어 정령계까지 데려간 건 누구냐? 이 몸은 앞으로도 살아있을 것이다. 맡기도록 해라."

없는 가슴을 펴면서 리프가 의기양양한 얼굴로 물었다.

미래의 내가 긴장이 풀린 것처럼 쾌활한 표정을 보였다.

"그랬지. 리프가 있으니까, 가능성이 열렸어. 지금의 내게는, 아니, 지금까지 봐온 어느 세계에도 없는 가능성이야."

조금 쓸쓸한 듯한 얼굴을 하고 있었다.

"자신에게 가능성이 없다는 말은 하지 마. 사실은 나도 '수명이 다했으니 어쩔 수 없다'고 생각했어. 리프도 납득하고 있었으니까, 내가 굳이 무리한 일을 밀어붙일 필요는 없다고 생각했어. 하지만 미래의 날 보고 다시 생각했어. 괴로워 보인다고. 분명 리프의 힘이 필요해질 거라고."

"그대로 결과가 나왔다는 건가."

미래의 난 '축하한다'고 말하진 않았다.

리프를 살리는 선택이 어떤 미래를 불러올지 아직 모르기 때문이다.

하지만 딱 하나 확실한 것이 있다.

"이것도 미래의 나 덕분이야."

"나?"

"그래, 만약 지금의 내가 실패해도 도와줄 거라고 믿고 있었으니까. 그래서 과감하게 리프의 생명을 연장한다는 선택을 할 수 있었어."

"……그런가. 내 행동도 헛되진 않았구나."

미래의 내가 나지막이 중얼거렸다.

상쾌하게 마음이 개운해진 듯한 얼굴이다.

가끔 보이는 그늘이 자취를 감췄다.

얼마나 처참한 광경을 봐왔는가, 얼마나 잘 수 없는 나날을 보내왔는가.

갑자기 구석에 있는 수풀에서 한 여자가 불쑥 얼굴을 내밀었다.

"이, 있잖아. 지금까지 이야기를 듣고 있었는데, 미래는 바꿀 수 있지?"

네림이다.

미래의 내가 고개를 끄덕였다.

"그래, 바꿀 수 있어."

"다행이다……!"

네림이 가슴을 쓸어내렸다. 아무래도 계속 신경 쓰였던 모양이다.

그 모습을 보고 루이나가 한쪽 눈썹을 늘어뜨렸다.

"뭐냐, 계속 듣고 있었나?"

"그야 그렇지. 난 미래의 지드의 의견에 찬성했으니까, 결과가 어떻게 될지 궁금했어. 사실은 지켜보기만 하고 끝낼 생각이었지만……."

"흠. 그렇다면 이외의 신경 쓰이는 것을 들었다는 뜻이군."

아스테라 이야기에서 확장된 가족 이야기에 관해 말하는 것 같다.

미래의 쿠에나가 네림의 아이에 대해 말했으니 말이다.

"그래도 다행이야. 내 의지가 단단하다면 결혼은 있을 수 없는 일이지!"

"뭐, 그렇지. 일단 내가 아는 미래에서는 전부 결혼했지만."

"……."

네림의 눈에서 생기가 사라졌다.

나쁜 짓은 전혀 안 했을 텐데 양심의 가책이 느껴졌다.

"저, 저기, 네림 씨…… 그거야. 난 딱히 네림과 결혼할 생각이 없으니까 그렇게 낙담하지 않아도 괜찮은데……?"

"그건 그거대로 화난다는 거 몰라?"

네림이 째려봤다.

그럼 어쩌라고~!!!

마음의 외침은 입 밖에 내지 않았다. 지금의 발언은 네림의 매력을 깎아내리는 말이라고 반성하고 있기 때문이다.

아니, 그래도 그 외에는 격려할 방법이 없다.

더는 언급해서는 안 될지도 모르겠다……

미래의 내가 실소한 모습을 보여준 후에 다시 진지한 눈빛으로 나와 마주 봤다.

"앞으로 바쁠 거다."

그 말에는 내 상상을 초월할 정도로 무거운 의미가 담겨있을 것이다.

미래의 내가 경험한 것 이상의 일이 일어날 가능성도 있다.

그래도.

"그래, 그래도 열심히 할 거야."

결국 내가 할 수 있는 일을 할 뿐이다. 악착같이 일할 뿐이다.

미래의 난 만족했는지 고개를 끄덕였다.

"무슨 일 있으면 불러줘."

"그때는 의지할게."

"그래, 맡겨둬."

미래의 내가 주먹을 내밀었다.

이에 주먹으로 응했다.

그리고 미래의 나는 원래 있어야 할 곳으로 돌아갔다.

이걸로 미래의 나의 어깨가 가벼워졌을까. 그랬으면 좋겠다.

◇

밤의 침실.

나와 루이나는 푹신푹신한 침대에 누워있었다.

복구 활동과 남은 정령 진압에 힘쓰는 나날이 이어져 휴식은 좀처럼 찾아오지 않았다.

난 하루에 몇 시간 정도 휴식하면 남은 모든 시간을 노동에 할애할 수 있지만, 휴일에 누군가와 보내는 한가한 분위기가 무엇보다도 중요하다고 느낄 수 있게 되었다.

지금은 그 몇 시간 정도의 휴식을 한창 취하는 중이다.

긴급 호출이 오는 날도 있어서, 가까이에 있는 의자에는 옷이 준비되어 있다.

"있잖아, 지드."

"왜 그래?"

빨갛고 선명한 머리카락이 내 가슴팍에 드리웠다.

루이나가 날 베개로 삼아 자는 듯한 자세를 취하고 있었다. 옆을 향하고 있으니, 시선은 내 쪽을 바라보고 있다. 커다란 침대의 사치스러운 사용법이다.

"아니, 네가 한곳에 머무르는 날이 있을까 싶어서. 어딘가 멀리 가버릴 것 같아서 확인하려고 불러봤다."

"난 계속 곁에 있어. 정령과의 싸움이 끝나면, 전투에 나갈 일도 거의 없어지지 않을까."

"목숨을 건 싸움도 그렇지만, 난 여자관계에 대해 말하고 있는 거야. 네림이라던가, 엘프라던가."

"윽……. 그건 미래의 내가 한 말이지, 이 세계에서도 그렇게 될지는 모르는 일 아니야?"

내가 말해놓고 생각했다. 꽤나 궁색한 변명이다.

미래의 내가 '어느 미래에서든 네림과 결혼했다'고 말해준 덕분에 최근에는 쿠에나와 모두에게서도 차가운 시선을 받고 있다는 느낌이 들었다.

"그런가? 네림도 아주 싫지는 않은 것 같던데."

"농담이지? 나와 결혼하거나 아니면 나를 죽이라고 하면, 틀림없이 날 죽일 건데."

"그래봤자 결국 넌 죽일 방법이 없으니, 결혼할 수밖에 없지 않나."

루이나가 아하하 하고 명랑하게 웃었다.

네림이 이 대화를 듣고 있지 않을까 싶어 식은땀이 날 지경이다. 난 가끔 그녀에게서 심상치 않은 살기가 느끼기까지 하는데.

루이나의 손이 내 눈 아래에 왔다. 손에는 상자가 있었다.

"——자, 이거."

상자를 받았다.

화려한 자수가 놓여있어서 한눈에 특별한 것이라는 걸 알았다.

계속 들고 있었던 걸까.

루이나의 체온이 상자에 남아있다.

"열어도 돼?"

"그래."

중후한 뚜껑을 열었다.

침실에는 어슴푸레한 광원밖에 없지만 상자 안은 눈부시게 빛나고 있었다. 들어 있는 건 반지였다.

반지 위에는 세 개의 다이아몬드가 부착되어 있어서 상당히 비싸다는 걸 알 수 있었다.

"이건……."

"그걸로 프러포즈해라."

"어, 네림한테?"

"아니. 쿠에나 말이다."

대화의 흐름을 생각했을 때 네림인 줄 알았다.

미래 이야기로 네림이 화나 있는데 프러포즈 같은 걸 하면 조롱하는 걸로 여겨져서 분명 호되게 당할 것이다.

아니 근데…….

"쿠에나한테? 이걸……?"

"그래. 음, 하지만 네림에게 주는 것도 재미있을 것 같군."

"좀 봐줘라……."

루이나의 놀리는 버릇도 참 곤란하다.

갑자기 진지한 표정을 지었다.

"……쿠에나를, 좋아하나?"

"그래, 좋아해. 중요한 때에 곁을 지켜준 사람이야."

질문을 받고 바로 대답할 수 있었다.

그게 내 본심이기 때문일 것이다.

"사랑하나?"

"그래, 사랑해. 어떤 때라도 함께 있었으면 하는 사람이야."

대답하면서 문득 생각했다.

루이나 치고는 드물게 나에게 속을 떠보듯이 물었다.

분명 그녀 나름대로 쿠에나를 신경 쓰고 있는 것일지도 모른다.

결혼할 때 상대의 부모님께 의견을 구한다는 말을 들은 적이 있다. 루이나는 부모 대신 내 진의를 파악하려고 하는 것이라는 걸 깨달았다.

쿠에나가 알면 '쓸데없는 참견'이라고 말하겠지.

이야기를 다 듣고 만족했는지 루이나는 볼을 가볍게 부풀렸다.

"나 참. 질투 나는군."

"루이나도 좋아하고, 사랑해."

루이나의 눈이 반짝 촉촉해졌다. 그런 느낌이 들었다.

입꼬리가 살짝 풀어졌다. 그런 느낌이 들었다.

그래도 손뼉을 치거나 뛰거나 하는 활기찬 표현은 하지 않았다.

"빈말이라도 기뻐. 하지만 난 그다지 좋아하지 않겠지."

"왜?"

"나하고는 결혼을 억지로 했으니까. 너는 이 결혼을 납득하고 있나?"

그렇게 불안해하는 말을 막힘없이 할 수 있는 사람은 루이나 정도밖에 없을 것이다. 루이나가 동요하는 일은 없지만, 체온이 약간 차가워진 듯한 느낌이 들었다.

"꼭 그렇지도 않아. 나는 루이나의 남자다운 면이 좋아."

"이걸 칭찬이라고 하는 건가?"

"그리고 사실은 조금 연약한 면도 좋아."

"역시 칭찬이 아니로군?"

루이나가 항의하는 듯한 눈빛으로 날 째려봤다.

"좋아하는 주스를 마실 때 머리카락을 만지작거리는 게 좋아. 가끔 거울을 보고 의기양양해하는 게 좋아."

"이, 이봐?"

무심하게 좋아하는 부분을 열거하니 루이나는 사료를 과하게 많이 받은 고양이처럼 당황하기 시작했다.

그래도 난 멈추지 않았다.

"불안을 숨길 때 결혼반지를 보고 있는 게 좋아. 실라에게 매번 '맛있어'라고 말해주는 상냥한 면이 좋아."

"이, 이제 그만해다오……."

루이나가 딱 한순간 얼굴을 빨갛게 물들인 것처럼 보였다. 그 이상은 루이나가 내 가슴팍에 얼굴을 묻어버려서 확인하지 못했다.

"루이나에겐 도움을 잔뜩 받았어. 하지만 분명 루이나가 약해도 난 좋아했을 거야. 사랑했을 거야. 그런 느낌이 들어."

"……약했다면, 널 못 만났을 거야."

내 옷을 꼭 움켜쥐었다.

루이나의 들이쉬는 숨이 전해졌다.

"──그래도, 고마워. 지드."

"그래."

◇

"덥구먼~. 수가 많구먼~."

리프가 푸념했다. 목소리는 위쪽에서 들려왔다. 마력을 공급해야 한다는 사정도 있지만, 더워서 걷고 싶지 않은 것 같아서 내가 목말을 태워주고 있다.

리프는 입 안 가득 막대 아이스크림을 먹고 있었고 옷을 펄럭여 바람을 만들고 있었다.

눈앞에는 정령의 사체가 굴러다니고 있었다.

아스테라가 파괴되면서 정령이 회수되지 않게 되었다.

그래서 이렇게 폭주만 하게 된 정령을 처리하며 돌아다니게 되었다. 사람에게 위험을 끼치고 제어하는 것도 불가능하기 때문이다.

"'킹급'이 아직 어딘가에 있어서 정령이 무한하게 생성되고 있지는 않은 것 같은데, 나도 좀 많다고 생각해."

"전투력이 없는 자는 아직 외벽에서 나오지 못하니 말이야. 무역상도 힘들 게야."

그렇게 말하는 리프의 표정에서는 위로나 동정하는 마음이 조금도 느껴지지 않았다.

정령은 강력한 개체가 많아서 길드에 의뢰가 쇄도하고 있으며, 그녀로서는 좋은 일일 것이다.

난이도를 보면 B랭크 이상이 대부분이지만, 정령은 행동 패턴을 이해하기 쉬워서 C랭크 이하라도 파티 인원이 많으면 받을 수 있도록 조건이 완화되었고, 의뢰 수리도 그렇게 어렵지 않았다. 심지어 호위 의뢰는 더욱 문턱이 낮다.

덧붙이자면, 의뢰 회전율이 높아진다는 건 길드 측도 수수료를 낮출 수 있다는 뜻이다. 결과적으로는 윈윈이 된 거다.

"뭐, 오늘은 이걸로 끝이니까 돌아갈까."

"음. 길드로 돌아가 주게. 사무 작업이 남아있으니 말이네."

"전이할래?"

"아니, 마력은 온존하게. 이 몸을 위해서!"

"알았어."

리프를 짊어진 채로 숲속을 걸었다.

작은 손이 머리에 감겨서 뭔가 느낌이 이상했다. 싫진 않다. 오히려 따뜻해서 기분 좋다. 이렇게 더운데 이상하다.

아이를 가지면 이런 느낌일까.

리프는 나보다 나이가 한참 더 많다고 하니 입 밖으로 그런 말은 꺼내지 않았다. 문득 그런 대선배인 리프에게 상의하고 싶은 게 생각났다.

"있잖아, 리프."

"왜 그러나?"

"실은 쿠에나한테 청혼할 생각인데."

리프가 몸을 앞으로 숙여 나와 무리하게 눈을 맞췄다.

상당히 무서운 자세다.

"오, 드디어인가!"

"으, 응."

리프는 흥미진진하다는 듯이 눈을 반짝였다. 눈동자가 황금색이라서 그런 식으로 보이는 걸까.

"그래서, 어떻게 프러포즈할 텐가?"

"실은 그거 말인데, 어떻게 하면 좋을까. 여자는 역시 로맨틱한게 설레지?"

"뭐, 분위기는 중요하지."

"서프라이즈는 어때?"

내 머리에서 작은 손이 떨어졌다.

리프의 습관으로 헤아리자면, 분명 팔짱을 끼고 있을 것이다.

"으음. 로망도 서프라이즈도 쿠에나는 좋아하지 않을 것 같군. 그런 이벤트로 가슴을 두근거릴 여자는 아니지. 실라는 좋아할 것 같다만."

"나도 그렇게 생각했어."

어째 생각하는 건 똑같은 것 같아서 안심했다.

하지만 그럼 나는 어떻게 해야 할까.

"쿠에나의 입장만 생각하고 있는데, 자네는 어떤가?"

"나?"

"음. 자네의 마음도 중요한 일 아닌가."

리프의 손이 내 머리를 쳤다.

아이를 통통 쓰다듬는 듯한 손놀림이었다.

"내 마음이라……. 특별한 사이가 되고 싶지만, 이상하게 바뀌는 것도 싫단 말이지."

"흠. 평소의 태도는 쌀쌀맞더라도, 여차할 때 신비한 분위기를 자아내는 여자가 취향이로군."

"좀 더 좋은 표현은 없어?"

"캇캇카. 다시 말해서 평소대로가 좋다는 말 아닌가."

"그렇구나, 고마워. 왠지 내 마음을 알 것 같아."

이렇게 다른 사람과 상의하면 새롭게 여러 가지를 다시 확인할 수 있다.

그리고 리프가 머리 위에서 막대 아이스크림을 흔들면서,

"참고로 이 몸은 수많은 미식에 둘러싸여서 프러포즈를 받고 싶네."

"아하하, 그렇구나."

"그렇지."

뭔가 리프다운 이미지라서 미소가 지어졌다.

제4화 영원한 행복을

쿠에나와 난 바쁘게 지내고 있다. 둘 다 일하고 있어서 좀처럼 시간이 나질 않았다.

특히 지금은 각지에서 일어나는 정령 피해에 대처하기 위해 분산돼서 활동하고 있어서 파티로 활동하는 일이 적었다.

하지만! 오늘은 어찌저찌 만든 휴일을 함께 보내고 있다.

높은 산에 있는 온천 여관.

손님을 1박에 세 팀만 받는 대신, 요금이 엄청나게 비싸다. 오래전부터 예약해서 겨우 1박 예약에 성공했다.

"진정이 안 되네……."

쿠에나가 의자에 앉아 손발을 조금씩 움직였다.

"아직 의뢰가 남아있었지. 별로 안 쉬고 싶었어?"

"왜 내가 일하고 싶어 한다고 전제하는 거야?"

쿠에나가 한숨 섞인 목소리로 말했다.

그렇지. 휴일이니 일하면 안 되지. 몸을 쉬어줘야 하지. 나도 모르게 사고회로가 노동 쪽으로 돌아가고 만다.

"그럼 왜 진정이 안 되는 거야?"

"벽에 둘러싸여 있지 않은 곳은 위험하잖아……. 괜찮지? 정령은 이 근처에 없다고 하지만, 마물이 있거나 하진 않겠지?"

인간에겐 인간의, 마물에겐 마물의 생활 범위가 있다.

그걸 구분하는 것 중 하나가 벽이다.

이 온천여관에도 만일을 위해 벽이 설치되어 있지만, 크지도 두껍지도 않다. 애초에 도시의 벽과는 규모가 다르다. 일개 민간 온천여관이니 당연하다.

물론 안전 대책이 그 정도인 데에는 이유가 있다.

"탐지 마법에 아무런 반응도 없어. 듣자니 이 산의 마물은 전부 사냥했다고 하던데."

"그건 여관 사람한테 들었어. 아주 옛날에 수행하던 녀석 덕분이래. 원래 이 산에 있던 마물은 사람의 고기 맛을 알아버려서 위험하니까 박멸할 수밖에 없었다고 했지?"

"그래, 게다가 감각이 날카로운 강한 마물일수록 마물의 피가 스며든 이 산에는 접근하지 않아."

"감각이 날카롭다라……. 난 아무것도 모르겠는데, 넌 괜찮아?"

"음~. 뭐, 조금은 느껴지네. 그래도 단련법이 다르니까 아무렇지 않아."

"마물과 똑같은 감각이구나……."

쿠에나가 힘이 빠진 것처럼 어깨를 축 늘어뜨렸다.

"그리고 여관 주인도 고랭크 모험가였던 사람이니까, 안심해."

쿠에나는 '그래도~……'라며 중얼거렸다.

역시 오래 살아 익숙해진 집을 떠나는 건 좋지 않았던 걸까.

모험가인 그녀라면 마물이 어슬렁거리는 위험 지대에서 하룻 밤을 보내는 일도 있겠지만, 역시 벽 안쪽에서 자는 게 자연스러운 것이다.

"불안하면 잘 때는 전이로 돌아갈 수 있는데?"

"무슨 소리야. 모처럼이니까 이대로 괜찮아. 그리고 지드나 날 위기에 몰아넣을 수 있는 마물은 대륙을 뒤져도 좀처럼 없을 테니까."

그렇게 말하면서 쿠에나는 창가로 이동해 이어서 말했다.

"그리고 이 경치는 소문대로네."

방의 창문으로 보이는 경치는 감동적이다.

오른쪽 절반에는 도시의 빛으로 채색된 아름다운 야경이 있고, 왼쪽 절반에는 압도적인 넓이의 푸른 초원이 있다.

높은 산에서 내려다보고 있기 때문에 지금까지 본 적도 없는 박력 넘치는 경치였다.

그리고 방 반대쪽으로 이동하면 장엄한 산맥이 있고, 아침이 되면 안개가 껴서 웅대하고 환상적인 경치가 펼쳐진다는데.

확실히 소문으로 들은 그대로다. 굉장하다.

"또 보러 오고 싶네. 다음엔 더 오래 있고 싶어."

"이곳의 여주인, 너의 열렬한 팬이라고 들었어. 제왕님이 보증하는 여관이라고 할 수 있으니까. 여유를 가지고 예약하면 할 수 있는 거 아냐?"

왠지 대답이 성의가 없었다.

이유는 알고 있다.

"그러면 다음에는 혼자 예약해서 올까, 커헉!"

"까불지 마."

쿠에나의 묵직한 주먹이 목에 꽂혔다.

"잘못하면 죽는 수준이라고. 그보다 내가 아니었으면 죽었을 거야."

"정말 혼자 가는 거지? 안 그래도 여난이 심하다는 건 알고 있지만, 만약 고의로 바람피우기 시작하면 진짜 용서 안 할 거야."

눈 안쪽이 열화와 같이 타오르고 있었다.

쿠에나가 가슴에 들고 있는 주먹에서 증기가 나오고 있었다.

"응, 미안. 무신경했습니다."

"좋아."

쿠에나가 관대하게 자비를 베풀어줘서 다시 절경을 바라봤다.

걸어도 전이해도 갈 수 있는 거리인데 왠지 경치가 환상적이었다.

마음에 상쾌한 고요함이 찾아왔다.

이 순간은 속세의 불안과 긴장에서 해방된다.

이게 쉰다는 것이겠지.

그건 분명 옆에 안심할 수 있는 사람이 있기 때문일 것이다.

쿠에나도 같은 경치를 바라보고 있다.

마음도 같다면 얼마나 좋을까.

"정말 또 오고 싶네. 다음엔 일이 정리된 후에 며칠이나 연속으로 묵고 싶어."

"대체 몇 달, 몇 년 전부터 예약해야 할는지."

"그럼 여관을 예약하기 전에 먼저 중요한 예약을 해야 해."

"중요한 예약?"

"쿠에나를 말이야."

"뭐어……?!"

"쿠에나랑 오고 싶어."

장난으로 오해받고 싶지 않아서 가만히 쿠에나의 눈을 바라봤다. 쿠에나의 얼굴이 순식간에 새빨갛게 물들어 갔다.

쿠에나의 주먹이 힘차게 가슴팍에 날아왔다. 하지만 아프진 않았다.

"……딱히 예약은, 필요 없어. 언제든지 불러주면…… 갈 테니까."

부드러운 충격이 가슴에 일었다.

쿠에나의 주먹이 닿은 것일까, 아니면 내 감정이 흔들린 걸까.

지금밖에 없다고 생각했다.

"쿠에나."

"왜?"

무릎을 꿇고 쿠에나 앞에서 상자를 열었다.

거기서 반지를 꺼냈다.

"쭉 함께 있고 싶어. 결혼해 줘."

"응엑?!"

"……어때?"

역시 불안했다.

거절당하면 어떻게 할까, 그런 생각을 하고 만다.

답은 하나라고 믿고 있어도 걱정된다.

"무, 물론………… 예스…… 인데."

쿠에나의 눈이 촉촉해졌다.

몸이 확 굳었다.

뭐야, 이거.

엄청 기쁘다.

기쁜데 말이 안 나온다.

'아자!'라고, 머릿속에선 외치고 있는데.

어떡하면 좋지, 이거.

쿠에나가 살짝 이쪽을 봤다.

"아, 안 끼워주는 거야?"

정신을 차리고 보니 손이 내밀어져 있었다.

약지와 다른 손가락의 간격을 벌려서 여기에 끼라는 듯이 강조
되고 있었다.

"응! 해줄게!"

스스로 생각해도 들떴다고 생각했다.

그 정도로 입에서 목이 튀어나올 듯한 대답이었다.

목소리가 커지는 건 어쩔 수 없었다.

쿠에나의 가는 손가락에 큰 다이아몬드가 세 개나 장식된 반지

를 끼웠다.

"후훗."

쿠에나가 웃고 반지를 바라봤다.

그리고 어두운 표정을 지었다.

"──잠깐."

"어, 왜?"

들뜬 나에게 목소리가 차가워진 쿠에나가 말했다.

나도 모르게 동요해버렸다.

"이거, 네 취향이 아니잖아. 나한테 맞춘 것도 아니야. 루이나가 골랐지?"

훌륭하게 간파했다.

역시 쿠에나는 나도 루이나도 잘 알고 있다.

"하, 함정은 없을 거라 생각하는데?"

"그게 아니야. 하지만 복잡해. 네가 골라줬으면 했어."

"……아~."

그런 걸까.

아니, 그렇겠지.

그야 앞으로 쿠에나가 평생 끼고 살지도 모르는데, 나도 쿠에나도 아닌 다른 사람이 고른 것이니까.

설령 루이나가 골랐다고 하더라도…… 그보다 쿠에나이기에 루이나가 고른 건 싫을지도 모른다.

실수했네.

"뭐, 괜찮아."

"아니, 안 괜찮아. 같이 고르자."

"그건 그거대로 루이나가 무섭지 않아?"

"내 걱정이라면 괜찮아. 중요한 건 쿠에나야."

루이나를 아끼지 않는 게 아니다.

다만 이 일에 관해서는 쿠에나가 우선이다.

"음……."

쿠에나가 턱을 괴고 고민했다.

여러 가지로 생각하는 바가 있을 것이다.

그래도 후회나 반성은 싫다.

그런 것들이 남더라도 시원시원한 게 좋다.

"두 종류를 껴도 된다고 생각해. 다른 것도 사자."

"……그건 고맙지만, 넌 어떻게 할 생각이야?"

"어떻게 하냐니?"

"이대로 가면 네 약지가 반지로 가득 차게 될 거야."

이미 반지 두 개를 끼는 게 확정되었다.

하나는 루이나의 것과 짝을 이루는 반지, 또 하나는 쿠에나의 것과 짝을 이루는 반지다.

앞으로 일어날 일을 상상해 보니…… 어라, 관절이 굽혀지지 않아.

"새, 생각해 본 적도 없었어. 확실히 그건 곤란할지도."

"풉…… 뭐, 지금은 괜찮나. 넌 날 위해서 헌신해 줄 거지?"

"어, 어어. 맡겨둬."

프러포즈하기 전부터 각오는 하고 있었다.

반지가 어쨌다는 거냐.

약지가 구부려지지 않아도 숨은 쉴 수 있다.

밥도 먹을 수 있다.

갑자기 쿠에나가 내 손을 쥐었다.

그리고 서로의 숨이 닿는 거리까지 다가왔다.

"그 대신 나도 헌신할게. 그게 결혼이잖아. 실라에겐 목걸이로 하는 걸 추천해 볼게."

"쿠에나……."

"행복하게 해줘야 해."

"응."

입술이 맞닿을 뻔했는데 방문이 열렸다.

어, 뭐지?

서 있는 사람은 보라색 머리카락이 아름다운 어린 여자아이였다.

"그립구먼. 젊었을 적에 이 숲에서 수행하던 시절이 이 몸에게도 있었지."

리프는 창문을 보고 그런 말을 중얼거렸다.

쿠에나는 놀라서 눈을 휘둥그레 떴다.

"아니, 어디서 튀어나온 거야!"

"그야, 이 몸도 예약해 뒀었네. 다른 손님이 누군지 확인도 하지 않았나?"

"다, 다른 손님……?"

쿠에나가 어리둥절해서 물어보자, 복도에서 우당탕탕 하고 발소리가 들렸다.

사람의 기척이 있다. 리프 말고도 세 명이나 있다.

"유이~! 목욕하자~! 루이나도~!"

복도에서 목소리가 들렸다.

어째 다른 세 팀의 정체도 밝혀진 것 같다.

"어쨌든 이 몸은 지드에게 마력을 공급받아야만 하니 말이야."

"……네 여난은 어떻게 안 되는 걸까."

현기증이라도 나는 건지 쿠에나가 머리를 싸맸다.

"캇캇카! 제1호인 자네가 그 말을 하는가!"

◇

지드 일행은 웨이라 제국의 수도……가 아니라 정령과의 항전의 무대가 된 준수도를 결혼식장으로 삼았다.

루이나 때와 마찬가지로 전일제가 열려 노점은 크게 붐볐다. 밤인데도 거리가 태양보다 더 밝을 정도다.

루이나는 그런 광경을 성의 창가에서 내려다보면서 방에 있는 또 한 명의 여자에게 말을 걸었다.

"아무래도 제도 복구가 완벽하지 않으니까. 뭐, 메인인 나와 서

브인 네 차이라고 생각해라. 이 결혼식 규모의 차이는."

"귀찮네……. 굳이 말 안 해도 되잖아."

그 사람은 내일의 주역이 될 쿠에나였다.

그녀는 얼굴을 위로 향하고 데운 수건을 눈에 올리고 의자에 앉아서 예행연습의 피로를 풀고 있었다.

"아니지, 아니지. 이제부터 내 뒤를 이어서 제2부인이 되니까, 분수를 파악해야 하지 않겠나. 분쟁의 씨앗이 되는 건 사절이니까."

고귀한 신분이면 부인 사이에 격이 나뉘기 마련이다. 제1부인은 누구인가, 제2부인은 누구인가. 그에 따라 국정이나 외교에서의 입지가 변한다.

거기에 더해 태어나는 아이의 입지도 변한다.

"웨이라 제국은 네 아이가 물려받아도 좋아."

일반적으로 제1부인의 아이의 왕위 계승권 순위가 제1위가 된다. 나라에 따라서는 남자아이가 우선권을 쥐기도 하지만, 웨이라 제국은 남녀동권이기 때문에 보통은 제1부인의 아이가 유리하다.

쿠에나는 그것에 관해서는 타협하고 있다고 전했다.

하지만 루이나는 고개를 저었다.

"그러면 안 되지. 아이의 의사도 존중해야 하니까."

"어차피 내 아이는 그런 거에 관심 없을 거 같은데."

"그게 아니다. 내 아이가 왕위에 관심이 없는 경우를 말하는 거다."

루이나는 의외로 자기 아이의 마음을 우선하는 것 같았다.

쿠에나가 수건을 가볍게 들어 올려 루이나를 봤다.

"진심으로 하는 소리야?"

"글쎄. 하지만 아이가 왕위 계승자가 되면 지드의 총애를 한 몸에 받을 수 있을지도 모른다고? 제2부인이 나보다 사랑받을 수단은 많지 않지."

쿠에나는 눈을 가늘게 떴다. 그건 항의하는 눈빛이었다.

"그거, 지금 할 얘기가 아니잖아. 내일은 내가 축하받는 날이니까 조금은 배려하라고."

"새삼스럽게 배려할 사이도 아닐 텐데."

"그것도 그렇네. 그래도 그렇게 미움받을 말을 해서 무슨 소용이 있는 건지."

"이렇게라도 하지 않으면 난 사랑받게 되니까."

"사랑받아도 괜찮잖아. 사랑받는 제1부인님은 궁정에 제일 필요할 것 같은데."

그렇게 말하면서 쿠에나는 '뭔가 처참한 궁정 비극이 시작될 것 같은 전조네……'라고 생각했지만, 그 생각이 입으로 나오는 일은 없었다.

그건 내일 혼례를 앞두고 있으니 그런 말을 하는 건 불길하다는 이유도 있지만, 갑자기 방문이 열려 정신이 팔린 것도 그 원인이었다.

"둘 다! 밖에 안 나가?!"

들어온 사람은 실라였다.

양손에는 종이 접시를 들고 있었고, 입에는 행복의 흔적이 남아있었다.

"호오, 좋은 냄새로군."

"응! 포장마차의 밥이야!"

실라가 종이 접시를 루이나에게 내밀었다.

위에는 맛있어 보이는 요리들이 담겨있었다.

크게 혼란한 상황이라도 식사에 어려움을 겪지 않는다는 좋은 증거다.

"그렇군, 거리의 먹을 것인가. 맛있을 것 같군. 쿠에나도 가도록 해라."

"난 예행연습으로 지쳤으니까 사양할게."

"엥~! 그치만 지드도 있어! 지금은 많이 먹기 대회에 참가 중이야!"

"그 체력 괴물……."

쿠에나가 볼을 바들바들 떨었다.

자신이 경험한 예행연습을 떠올렸고, 그런데도 포장마차의 음식을 즐기는 (그렇다기보다는 대회에까지 나간) 남자에게 질려서 쓴웃음도 안 나오는 듯했다.

"크크, 가면을 쓰면 정체를 들킬 일도 없겠지. 안심하고 가라."

"넌 어떡할 거야?"

"그만두지. 난 가면을 쓰고 있어도 들킬 것 같다."

루이나가 우아하게 머리카락을 쓸어올렸다.

실제로 지드와 쿠에나는 거리에서 오래 생활했고, 루이나는 궁정에서 오래 생활했다. 보는 사람도 동작 하나하나에서 서민은 가질 수 없는 위엄을 느낄 것이다.

"그럼 가면을 쓰지 않고 나가면 되잖아, 많이 먹기 대회."

"아니, 왜 그 많이 먹기 대회에 나간다는 전제인 거냐."

"뭐든 해봐야 아는 법이잖아?"

쿠에나의 머릿속에서는 '루이나는 지는 걸 싫어하니까 많이 먹기 대회에서 필사적으로 애쓰는 모습을 보고 싶다'는 짓궂은 생각이 떠올랐다.

하지만 루이나는 완강하게 거부했다.

"안 된다. 이후에 복구 진척 보고를 들어야 해."

이렇게 쿠에나와 이야기하고 있는 시간도 루이나가 정무를 보고 남는 시간으로 만든 것이다.

루이나는 평소에도 성실하게 정무를 보고 있다.

지드가 제왕이 된 후에도 그건 변하지 않았다. 지드가 무력이나 군사 방면으로 주력하기 위함이기도 하다.

쿠에나가 루이나에게 다가가 어깨를 주물렀다.

"조금쯤은 게으름을 피워도 괜찮다니깐."

잠시 침묵이 흘렀다.

갑자기 루이나가 고개를 끄덕였다.

"……그렇지. 뭐, 하루쯤은 괜찮을지도 모르지."

그 말을 듣고 쿠에나의 입꼬리가 올라갔다.

"좋아! 그렇게 정해졌으면 많이 먹기 대회에 루이나를 등록하고 와!"

"알겠습니다! 실라 다녀오겠습니다!"

"이름은 바꿔야 올려야 한다~!"

"앗, 이봐! 그만둬! 많이 먹기 대회는 아니지?! 난 안 나갈 거다!"

실라가 경례한 후에 전력으로 달려 대회 개최 장소로 갔다.

쿠에나의 말이 들렸을지 의심스러운 속도다. 루이나의 말은 더더욱 안 들렸을 것이다.

"풉. 이제 무슨 말을 해도 늦었어."

"노렸구나……?"

"괜찮잖아. 같이 놀자고."

"피곤한 게 아니었나? 내일 어떻게 되어도 난 모른다."

루이나는 제정신인지 의심하는 듯한 시선을 보냈다.

내일은 인생의 분기점이라 해도 될 정도로 중요한 날이다. 수면 부족으로 지각 같은 걸 하면 차마 눈 뜨고 볼 수 없을 것이다.

하지만 당사자인 쿠에나는 어떻게 되든 후회나 반성도 하지 않을 모양이다.

"실라한테 감화됐어. 사소한 건 신경 안 쓸 거야. 요즘 많은 일이 있었으니까 즐기고 싶잖아."

"이거야 원, 그건 어디에 그만한 기운을 모아두고 있는 건지."

"나도 모르겠어. 그렇게 치면 지드도 어떤지 꼭 알고 싶네."

쿠에나의 목표는 지드와 나란히 서는 것이다.

하지만 실력 차이는 아직 좁혀지지 않는다.

그렇다고 해도 쿠에나는 포기하는 법을 모른다. 정말로 흥미진진한 듯이, 마치 탐정처럼 날카로운 눈으로 지드의 힘에 대해 진지하게 고찰하기 시작했다.

문득 루이나가 입을 열었다.

달이 비치고 있는 건지, 거리에서 빛이 새어 나오는 건지, 루이나의 얼굴이 부드럽게 비치고 있었다.

"──축하해."

온화한 말투는 어딘지 부끄러운 듯했다.

축하를 받는 쿠에나도 생각지도 못한 말을 들어서 눈을 휘둥그레 떴다.

잠시 시간을 두고 대답했다.

"……고마워."

목소리가 작아도 그건 확실하게 이루어진 대화였다.

◇

많이 먹기 대회의 회장은 적은 예산으로 해결할 수 있도록 간이로 설치되어 있었다. 그래도 관객은 100명이 넘었고, 튼튼한 배를 가진 참가자들이 모였다.

"자아, 많이 먹기 대회가 시작됩니다!"

진행자로 보이는 남자가 울려 퍼지는 마이크에 입을 대고 외쳤다.

참가자의 이름이 차례차례 불렸고 10개 있는 자리에 앉았다.

"다음은 온 대륙의 많이 먹기 대회를 휩쓰는 괴물! 그 끝없는 배에는 대지조차 들어가지 않을까?! 빅 이트 프로 씨다아!!"

불려서 나온 사람은 몸집이 아주 큰 남자였다.

관객이 열광적으로 소리쳤다.

그리고 진행자가 손에 든 메모지를 흔들면서 소리를 질렀다.

"다음은 '나으리'다아! 전투 능력은 제일! 모험가로서 민중에게도 다가가면서 대륙의 혼란을 한 손으로 평정한 남자! 그 위장도 '왕'일 것인가?! 예상치 못한 제왕 지드 님의 참전이다~!!!!"

보통은 술렁임이 더 클 것이다.

하지만 지드도 다른 참가자와 마찬가지로 환영받았다.

안내한 대로 서민파라는 건 잘 알려져 있으며, 그의 현재 신분을 생각하면 믿을 수 없을 정도로 친숙했다.

환성 중에는 새된 환성이 있었다.

"꺄~! 지드~~~!"

"정체를 전혀 안 숨겼네……."

빨간색과 노란색 가면을 쓴 두 명의 여자였다.

쿠에나와 실라다.

"다음은 수수께끼의 가면 L씨가 참전했다~!"

딱 한 마디만 곁들여졌고, 황금색 가면으로 얼굴 윗부분을 가린 여자가 나타났다. 루이나다. 얼굴 아랫부분만으로도 얼굴이 반반하다는 게 느껴졌다.

서 있는 모습과 기운으로 관객들은 심상치 않은 분위기를 느꼈다.

"힘내~!"

실라의 응원과 쿠에나의 "결국 나가는구나"라는 목소리 외에는 눈에 띄는 건 없었다.

그리고 요리가 차려졌다.

"오늘의 '메인요리'는 초 하이퍼 울트라 고칼로리 덮밥이다아! 아래에 깔린 달달하고 맛있는 쌀에 초원을 달리며 커다란 바위를 부수는 거구의 마물 사이폴론의 고기! 맛 변경을 위해 많은 종류의 소스가 준비되어 있습니다!"

참가자 앞에 향긋한 거대 덮밥이 준비되었다.

놓으니 식탁이 묵직하게 흔들리고 맹렬한 존재감이 있어서 일부 참가자가 압도당했다.

"제한 시간은 30분! 그럼 바로 시작합시다~! 준비~, 시작!"

진행자가 손을 들었다.

동시에 귀를 찢는 듯한 버저 소리가 울렸다.

참가자가 일제히 젓가락을 들고 덮밥을 마구 먹었다.

진행자는 두 사람을 주목했다.

한 명은 빅 이트 프로였고, 또 한 명은 지드였다.

"우오~! 엄청난 박력이다~!! 성인 남자조차 한 그릇을 다 먹는 건 어렵다고 하는데 1분도 지나지 않은 단계에 둘 다 이미 절반만 남겼다~~!!"

두 사람의 기세는 다른 참가자를 압도하고 있다.

다른 의미로 압도하고 있는 사람도 있었다.

"이럴 수가! 수수께끼의 가면 L씨는 아직도 한 입 정도밖에 못 먹었다~?!"

관객이 "오오"하고 들끓었다.

아무래도 핸디캡으로 받아들이고 있는 모양이다.

하지만 수수께끼의 가면 L씨——루이나의 심경은 달랐다.

(이거야 원, 이런 행사에 나오게 될 줄이야.)

실라가 맹렬하게 권해서 어쩔 수 없이 참가했지만, 여기서 진심으로 싸우면 쿠에나 일행이 바라는 대로 될 것이라 생각했다.

그래서 루이나는 한 그릇은커녕 반도 먹지 않을 생각이었다.

문득 루이나와 쿠에나의 시선이 마주쳤다.

(……요즘은 한심한 모습만 보여주고 있구나. 너에게 난 위대한 언니였을 터인데.)

그 생애에 패배는 없었다.

언니로서 동생에게 충분한 실력을 보여줬을 것이다.

하지만 최근엔 얄보이고 있다는 느낌이 들었다.

동생은 더 반항적인 시선을 보내지 않았나. 더 경외하지 않았나.

루이나가 시선을 떨궜다.

(흥, 이 정도를 못 먹어서 어쩌자는 거냐.)

루이나의 손에 힘이 들어갔다.

우직 하고 소리가 났다.

"어이쿠, L씨의 젓가락이 부러졌다~!!"

"다른 젓가락을 가져와라."

"네? 전 진행자인데요…….."

상을 차리는 역할을 맡은 담당자가 있는데 갑자기 자신에게 말을 걸어서 진행자가 눈을 크게 떴다.

가면의 뚫린 눈가가 엄숙하고도 위압적으로 빛났다.

"됐으니까 가져와라."

"예, 예이~! 지금 가져옵죠~!!!"

기세에 눌린 진행자가 역할을 내팽개치고 대신할 젓가락을 급히 준비했다.

루이나가 그걸 받고 그릇을 손에 들고 입에 쓸어 넣었다. 그 기세는 굉장했다.

"이, 이럴 수가~! 젓가락을 바꾸자마자 속도가 올랐다~!! 아까 전의 젓가락은 마음에 들지 않았던 모양이다~!"

경쾌한 중계에 관객의 분위기가 한층 더 열기를 띠었다.

그리고 쿠에나와 실라도 이에 놀랐다.

"머, 먹기 시작했어!"

"말도 안 돼…… 무슨 바람이 분 거야."

둘 다 루이나가 진심을 먹을 것이라고는 생각하지 않았다. 많이 먹기 대회에 참가한 모습을 볼 수 있다는 것만으로도 이득이라 생각하고 있었다.

맨 처음의 의욕 없는 모습은 어디로 간 건가.

작은 입으로 쌀과 고기가 잇따라 들어갔다.

결국 한 그릇을 다 먹었다.

게다가 두 그릇째도 다 먹었다.

루이나의 기세는 멈추지 않았다.

계속해서 참가자를 제쳐나갔다.

"——이럴 수가, 여기서 빅 이트 프로 씨가 다운!"

우승 후보 중 한 명은 지드가 먹는 속도를 따라가려다 페이스 조절을 실수한 것 같았다. 턱에 경련이 나고 있었다.

그런 줄도 모르고 독주 상태인 지드는 여섯 그릇째를 비우고 일곱 번째 그릇에 손을 댔다.

"맛있어, 맛있어."

그릇의 내용물은 순식간에 줄어들어 갔다.

루이나도 어떻게든 네 그릇째를 다 먹었지만, 페이스가 다운된 건 명백했다. 배를 신경 쓰면서 힘겨워했다.

(역시, 내가 반한 남자군…… 하지만. 이번만큼은 질 수 없다.)

루이나도 멈추지 않았다.

모든 것은 언니의 위엄을 지키기 위해.

하지만 루이나가 지드에게 속도로 이기는 일은 없었다.

차이는 금세 벌어졌다.

지드는 일곱 그릇째도 다 먹을 듯했고——.

"음……. 내 기록은 여기까지로 해줘."

갑자기 독주 상태인 선두가 일어섰다.

어째 손에는 카드가 있었다.

"네? 아, 아니, 대회니까 중도 퇴장은……!"

"미안해. 전이."

진행자의 제지는 조금도 효과가 없었다.

지드의 모습이 바로 사라졌다.

"이게 무슨 일일까요! 역시 서민과는 어울릴 수 없다는——."

갑작스러운 사퇴에 낙담하는 목소리가 일었다.

거리 모퉁이에서 사람이 와서 소리쳤다.

『크, 큰일이다~! 근교에서 정령이 발견됐다~!』

『괜찮아! 제왕이 싸우고 있대~!』

"……역시 제왕 지드! 백성의 위험을 감지하고 대회 우승의 명예를 포기하면서까지 구하러 갔다~!! 그분이 있는 한 제국은 안전하다~!!"

"꺄아아~! 지드~!!!"

민중의 환호성이 울려 퍼졌다.

황금색 머리카락의 소유자가 한층 더 큰 목소리를 냈다.

"계속 응원하고 있는 실라는 어찌 됐든, 진행자랑 관객은 태도가 손바닥 뒤집는 것 같네……."

쿠에나가 어이없어하는 목소리로 당황했다.

결국 젓가락질을 하는 사람은 한 명만 남았다. 바로 루이나였다.

"어이쿠! 가면 L씨! 제왕 지드를 추월하기까지 앞으로 세 그릇이 남았지, 남은 시간은 7분밖에 없다~!"

"큭…… 하지만, 난……!"

루이나의 위장은 비명을 지르고 있었다.

땀은 폭포수처럼 흐르고 있다.

그래도 루이나는 다섯 그릇째 덮밥을 다 먹었다.

"이로써 가면 L씨가 빅 이트 프로 씨를 따라잡았다! 무시무시한 다크호스다아아!"

루이나 앞에 여섯 그릇째 덮밥이 전해졌다.

이제는 보는 것도 싫은 덮밥이었다.

아름다운 색조의 새가 그려져 있지만 닭고기를 연상시켜서 매스꺼웠다.

루이나는 현기증을 느끼면서도 손을 댔다.

"……윽."

아무것도 생각하지 않는다.

맛있다던가 맛없다던가, 그런 감각은 이미 사라졌다.

그저 무심하게 입에 넣어 목을 통해 위로 보낸다.

이건 작업이다.

그렇게 생각하면서 루이는 계속해서 입에 넣었다.

"왜 그렇게까지…….'

쿠에나는 깜짝 놀란 말투로 말했다.

루이나의 괴로워하는 모습을 보고 불러낸 것과 참가를 권한 것을 후회할 정도였다.

실라가 쿠에나의 손을 쥐었다.

실라가 진리를 찾은 것 같은 눈으로 말했다.

"분명 덮밥을 좋아하는 거야. 또 만들어 주고 싶어."

"절대로 아닐걸."

쿠에나 역시 실라가 틀렸다는 건 알았다.

갑자기 루이나가 크게 흔들렸다.

가면의 끈은 땀을 흡수해 무거워져서 느슨해져 있었다.

충격으로 가면이 벗겨졌다.

"""루, 루루, 루이나 니임???!!!"""

루이나는 실력주의자라서 신분의 귀천을 따지지 않는다.

하지만 그런 만큼 실력을 보여줄 기회가 없는 일반적인 사람들과 교류하는 일이 적으며, 있다고 하더라도 엄중한 경비 속에서 몇 분 정도의 시간밖에 없는 알현 때뿐이다.

그 알현도 선택받은 자만이 한다.

반쯤 신성시 되던 전 여제의 믿을 수 없는 모습을 목격한 진행자와 관객은 심하게 동요했고, 자기도 모르게 땅에 무릎을 꿇는 사람들까지 나타날 정도였다.

루이나는 얼굴을 만지고 가면이 벗겨진 것을 확인했다.

"훗……."

루이나는 입을 초승달 모양으로 만들고 대담하게 웃었다.

땅에 떨어진 가면을 보고, 바로 덮밥으로 시선을 돌렸다.

(이긴다. 그뿐이다.)

루이나의 젓가락은 멈추지 않았다.

겨우 정체가 드러난 정도로 루이나의 마음은 꺾이지 않았다.

절반, 그리고, 절반, 절반……

눈앞의 승리를 믿어 의심치 않았다.

몸의 마디마디가 비명을 지르고 있다.

드디어.

"가면 L씨…… 아니, 루이나 님의 기록이 빅 이트 프로 씨를 뛰어넘었다~! 제왕 지드는 일곱 그릇째를 먹는 도중에 끝내서 기록은 여섯 그릇입니다! 그러니 가면 L씨…… 아니, 루이나 님의 우승까지 앞으로 한 그릇이다~~!!"

한계는 이미 넘어섰다.

갑자기 관객 한 명이 소리쳤다.

"이, 이봐 진행자! 현재 루이나 님과 지드 님의 공동 1위지?!"

"아, 네, 맞습니다만."

"그럼 지금 끝나면 우승은 어떻게 되냐!"

"어, 그러니까, 규칙상으로는 두 사람이 표창받게 되는데……"

"하지만 제왕께서는 여기 안 계시는데?"

"아…… 뭐, 기권하신 거나 마찬가지긴 한데……"

진행자가 망설였다.

진행에 영향이 생기는 것을 우려하는 것이다.

하지만 관객에게 그런 건 상관없었다.

거기에 더해 여자가 이어서 물었다.

"그 말은 이제 루이나 님이 우승이라고 봐도 된다는 뜻인가?!"

"웃…… 뭐, 네."

"그럼 무리하지 마세요, 루이나 님~!"

관객은 북받쳐 오르는 감정을 그대로 말했다.

그건 순수하게 걱정하고 응원하는 마음이었다.

하지만 루이나에겐 일련의 대화가 등을 떠미는 도발이었다.

"난 지지 않는다. 무승부도 없다."

괴로운 듯한 표정과는 반대로 든든하게 말했다.

루이나의 시선이 덮밥으로 향했고, 단숨에 먹기 시작했다.

"오, 오오?! 여기서 루이나 님이 라스트 스퍼트에 들어간다~! 하지만 시간은 얼마 남지 않았다~!"

진행자가 직무를 완수하려고 했다.

관객은 숨을 죽이고 지켜봤다.

그리고 더 먹고 또 먹어서,

"남은 시간 5초…… 4, 3, 2, 1, 종료입니다!!! 담당자는 확인 부탁드립니다!"

루이나가 젓가락을 놓고 그릇을 보였다.

안은 비어있었다.

"네, 일곱 그릇째도 다 드셨습니다!"

"문제없습니다~!! 루이나 님의 역전 우승이다아아아~~~!!!"

""""우오오오오오!!!""""

박수와 환호성이 터져 나왔다.

아낌없는 칭찬과 함께 루이나는 비틀비틀 일어나다가 휘청, 하고 자세가 무너졌다.

그 어깨를 받쳐준 건 쿠에나였다.

"제법인데?"

"누굴 보고 그런 소릴 하는 거냐."

쿠에나와 루이나는 시선을 주고받았다.

그것만으로도 서로의 마음을 이해했다.

진행자가 외쳤다.

"그럼 이후에는 수상식이 열립니다~! '예선' 우승은 루이나 웨이라 님입니다! 본선은 혼례 다음날에 열리니 여러분 꼭 와주십시오~!!"

"……뭐? 예선?"

루이나가 자기도 모르게 진행자 쪽을 봤다.

관객의 뜨거운 시선이 따갑게 꽂혔다.

"힘내세요~!"

"응원하고 있어요!"

"루이나 님이 이렇게까지 친근한 분이실 줄은 몰랐어요!!"

"본선도 꼭 갈게요!"

쿠에나가 옆에서 '풉' 하고 실소했다.

"여, 열심히 해."

"응원할게~!"

쿠에나와 실라도 가차 없었다.

루이나는 반쯤 자포자기해서 하늘에 외쳤다.

"아아, 젠장! 이렇게 됐으니 아무래도 상관없다! 덤벼라!"

전 여제 루이나는 지금까지 차가운 여자라고 여겨지고 있었지만, 이 대회를 계기로 되어 민중과의 거리를 단숨에 좁혀나갔다.

민중의 공물도 늘어나서 왕성의 식량이 부족해지는 일은 없어졌다. 그 공물은 실라가 조리하는 경우도 많았지만, 기본적으로 필요한 곳으로 다시 운반되었다. 예를 들면 정령과 마물 피해로 고통받는 가난한 마을 사람들에게.

◇

그곳은 거리의 구석에 있는 장소.

조용하고 안정된 분위기가 있으며 축제의 떠들썩함도 여기까지 다다르지 않았다.

그런 곳으로 소리아의 호출을 받았다.

"갑자기 불러내서 죄송합니다. 정령은 정리됐나요?"

"그래, 퇴치했어. 다만 전이를 할 수 있는 신종 정령이더라. 이후로는 더 바빠질 것 같아."

"그건 큰일이네요. 저도 할 수 있는 일이 있으면 말해주세요."

"고마워."

소리아가 이곳에 머무는 이유는 결혼식 사제를 부탁했기 때문
이다.

당분간 체재한다고 하는데, 그때까지 상의할 수 있는 일은 해
두고 싶다. 특히 그녀는 모험가와 사제로서 전 세계에서 활약한
경험이 있으니, 의지가 된다.

그 덕분에 각국의 정부와 조직으로부터 지위와 명성을 부여받
아 바쁘게 지내고 있지만, 전혀 힘들지 않다고 한다.

"그건 그렇고 대회, 저도 봤답니다. 엄청 잘 드시더라고요."

소리아가 손을 모으면서 아까 전의 건투를 치하했다.

"그걸 봤어?"

"멀리서 바라보고 있는 정도였어요. 루이나 님이 나타나서 깜
짝 놀랐어요."

아아, 그러고 보니 가면을 쓰고 있었지.

마력도 냄새도 분위기도 하나부터 열까지 루이나였는데, 나중
에 들은 이야기에 따르면 관객은 아무도 알아차리지 못한 것 같
았다.

"그러고 보니 나한테 할 얘기가 있다고 했었지."

"네, 시기를 생각하고 있었는데, 지금이 좋지 않을까 해서."

"시기……?"

소리아의 큰 눈동자가 날 붙들고 놓아주지 않았다. 내 일거수
일투족을 놓치지 않겠다는 그런 의지가 느껴졌다.

"아스테라와 관련된 일은 후세에 전하기 위한 역사서에 기술을 남길 생각이에요. 시대가 얼마나 흘러도 잊지 않기 위해서."

"……아스테라의 진실을 공개하겠다고?"

"네, 수많은 문명을 파괴한 그 잔학하고 냉혹한 시스템, 아스테라에 대해서요."

나는 팔짱을 끼고 생각했다.

소리아가 이렇게 말하니 깊은 생각이 있을 것이다.

나는 역사에 관해서는 거의 모른다. 하지만 과거로부터 배우는 건 중요한 일이란 건 안다.

예를 들어서 어릴 때 독버섯을 먹고 죽을 뻔한 적이 있었다. 그걸 잊었다면 또 죽을 뻔했을 것이다.

그런 지식을 이어갈 수 있다면, 비슷한 일을 하려는 사람에게 경고할 수 있다. 그게 역사로부터 배운다는 거다.

하지만 이번에는 문제가 있다.

"그러면 아스테라교는 어떻게 할 거야?"

"그 부분이 문제겠죠. 아스테라를 신으로 숭상하는 사람은 여전히 많이 있어요. 만약 진실을 공개한다면 그들은 혼란에 빠지겠죠."

"거짓이라고 반박하는 사람도 나오겠지."

"네, 폭동이 일어날 수도 있고요. 믿음을 배신당하는 건 몹시 괴롭거든요. 많은 눈물이 흐르게 될 거예요."

결과적으로 한이 남는 건 명백하다. 결코 쉬운 길은 아니다.

무심코, 차라리 이대로 진실을 묻어두는 게…… 하는 생각이 들었다. 하지만 소리아는 분명 인정하지 않을 것이다.

그녀의 머리에는 천칭이 있다.

역사를 전함으로써 구할 수 있는 목숨이 있을지도 모른다. 언젠가 한 번 더 사람들이 위기에 처했을 때 도움이 될지도 모른다.

솔직히 아스테라에 필적하는 위기라는 게 과연 가능한가 싶지만, 이 세상이 아스테라 이상의 초월적 존재에게 지배당하고 있을 가능성이 없지는 않다.

아니면 인류가 시스템 아스테라에 버금가는 괴물을 만들 가능성도 있다.

"소리아는 어떻게 하고 싶어?"

"전 아스테라를 믿는 모든 교단을 폐지하려고 해요. 대중의 아스테라를 향한 신심을 부정하게 되겠지요."

"어떻게?"

"글쎄요. 아마 아스테라를 대신할 신앙의 대상을 세우면 되지 않을까요? 역사가 짧을 뿐, 기존에도 다른 신을 신앙하던 종교들이 있었으니까요. 어쩌면 그런 곳으로 흡수될지도 모르죠."

"그렇구나. 신앙이 옮겨가고 난 후에 공개하면 혼란을 줄일 수는 있겠네."

"저도 한때나마 아스테라교의 신자였는데, 참 냉정한 사고방식이죠?"

소리아가 자조하듯이 웃었다.

'신앙의 대상을 바꾼다'는 건 말처럼 쉬운 게 아니다. 어쩌면 수백 년에 달하는 시간이 걸릴지도 모른다. 그만큼 어렵고 먼 길이다.

"아니, 그건 소리아가 아스테라를 신앙했던 사람들을 걱정한다는 증거야. 냉정한 게 아니야."

"……감사합니다. 지드 씨의 응원대로, 진실을 밝힐 날을 목표로 노력하겠습니다."

방식을 고르지 않는다면 당장 내일이라도 대중에 진실을 공개할 수 있다. 하지만 그렇게 하지 않을 거다. 어쩌면 진실을 밝히기도 전에 나와 소리아가 먼저 늙을지도 모른다. 참 먼 여정이 될 것이다.

"나도 할 수 있는 건 할게. 뭐든 말해줘."

"말씀은 감사하지만, 가능한 한 내부자들끼리 진행하려고 해요. 계획이 완성하기 전에 정보가 새어 나가면 노력이 허사가 되니까요."

"그래도 괜찮겠어?"

"네. 그리고 지드 씨에게 달리 부탁드려야 할 일이……."

"내게?"

내가 되묻자, 소리아는 쓸쓸한 표정을 감추듯 고개를 숙였다.

"제가 그동안 여러 사람의 도움을 받을 수 있었던 건, 아스테라의 이름을 짊어지고 있기 때문이에요. 그런 제가 스스로 교단을 벗어난다면, 저는 필요 없는 사람이 되겠지요. 세상에서 멀어지는 거예요."

그녀는 어떻게 사람의 신앙을 돌릴 것인가. 어쩌면 자신의 위치를 이용해서, 불상사를 만들어 민심을 돌리는 방법을 생각했을지도 모른다. 사실이 아니더라도 악평이 퍼지면 효과가 있는 거니까.

자신의 명성을 대가로 아스테라의 권위를 깎는다. 소리아의 진짜 계획은 이것일지도 모른다.

소리아는 숙이고 있던 얼굴을 들고 날 봤다. 눈가에서 눈물이 흘러내리고 있었다.

"──그렇게 되면, 지드 씨는 절 받아주실 건가요?"

세상이 소리아를 멀리해?

소리아는 아스테라의 이름을 등에 업고 행동했다고 말했지만, 나는 소리아의 활동이 아스테라로부터 비롯되었다고는 생각하지 않는다. 아무리 불상사를 퍼트려도, 그녀의 진심이 담긴 헌신을 아는 이들은 그녀를 도우려 할 것이다.

(하지만, 소리아가 원하는 말은 이게 아니겠지.)

나도 바보는 아니다. ……아마도 아닐 거다. 단언할 수 있을 정도로 현명하진 않다만.

적어도 리프와 루이나가 없는 곳에서 이런 중요한 상의를 하는 이유는 알고 있다.

소리아는 자신의 기반도, 걸어왔던 길도 모조리 버리려 하고 있다. 지금도 그녀의 마음은 큰 불안에 시달리고 있을 것이다.

그리고 나는 그녀의 호의를 알고 있다. 지금 나에게 이런 이야기를 하는 이유도.

"소리아, 결혼하자."

"앗…… 으."

목이 막힌 듯한 목소리가 돌아왔다.

"……미안. 너무 갑작스러웠지?"

나도 모르게 관자놀이에 손가락을 댔다.

만약 소리아의 호의가 나의 착각이었다면, 이 상황을 어찌할 생각이었던 거냐. 이런 건 순서대로 하는 게 상식 아니야?

설마 여기서 나의 바보 같은 부분이 사고를 치다니……!

내가 골머리를 앓고 있으니, 소리아는 양손을 앞으로 내밀고 흔들었다.

"아, 아뇨, 그게 아니에요! 제, 제가 부탁할 일인가 싶어서…….아으…… 지, 지금은 말을 너무 많이 했어요!"

허둥지둥 당황하고 있다.

몸을 웅크리고 눈을 깜빡깜빡 떴다가 감았다가 하고 말을 더듬으면서 머리카락을 흩뜨렸다.

어떻게 이렇게 귀여운 걸까.

소리아가 딱 멈췄다.

그리고 황홀하게 볼을 빨갛게 물들인 얼굴을 보였다.

"전 못된 아이예요. 내일 결혼을 앞둔 분께 이런 말을 하다니."

언젠가 소리아는 자신이 계산적인 사람이며, 다른 사람에게 힘

을 이용하는 거라고 말했었다.

그러면 이 당황한 모습도 연기라고 할 수 있을까? 뒤에선 실은 아무렇지도 않은 걸까?

——아니, 설령 정말 그렇다고 해도 상관없다.

소리아에겐 그만한 매력이 있었다.

"그래서, 대답은 어느 쪽……?"

"물론, 물론 예스예요!"

소리아는 가슴에 손을 댔다.

아아, 다행이다.

동시에 뇌리에 쿠에나가 떠올랐다.

「너 나한테 어떻게 설명할 거야?」

음, 그렇구나. 또 혼날 일이 늘었어…….

◇

결혼식은 화려했다.

전에 없을 정도로 다양한 종족이 참석했다.

인간, 엘프, 수인, 초대한 기억이 없는 마족까지.

하늘을 올려다보니 용족이 축복하듯이 포효하고 있었다.

날씨도 화창하고 사람들의 얼굴엔 웃음이 가득했다.

지드를 곁에 둔 쿠에나가 꽃다발을 던졌다. 부케 토스였다.

네림은 부케를 피해 전력으로 도망쳤다.

꽃다발은 운명처럼 실라에게 내려앉았다.

"와~! 됐다!"

실라가 뛰면서 꽃다발을 끌어안았다.

그 모습을 보면서 신부의 모습인 쿠에나가 "뭐, 그렇겠지"라며 중얼거렸다.

"……."

"크크, 그렇게 함께하고 싶다는 듯이 보지 마라. 네 자리도 준비해뒀다."

루이나가 유이의 말없이 바라보는 시선의 의도를 짐작하고 머리를 쓰다듬었다.

"드디어 결혼이군요. 전 루이나 씨보다 쿠에나 씨가 더 먼저 할 줄 알았어요."

"음, 이렇게 되면 우리 귀여운 여자 그룹도 힘내야 하지 않겠나!"

스피는 순진무구한 감상을 내놓자, 리프가 턱에 손을 대고 눈을 반짝이며 대꾸했다.

스피가 고개를 갸웃했다.

"힘내다뇨?"

"지드가 이 몸의 수명을 늘려놓지 않았는가. 세계를 붕괴시킨 괴물을 없앨 기회와 저울질해서 말이지. 이 노파 역시 가슴이 설레고 말았다네."

"아, 네에……."

"이것 참, 의욕이 없구먼."

스피가 동조하지 않자, 리프가 어깨를 축 늘어뜨렸다. 멋대로 동료라고 느끼고 있었던 만큼 약간 아쉬운 듯했다.

"알겠어요. 잘은 모르겠지만 저도 힘낼게요!"

"뭐, 때가 되면 그렇게 하게."

리프가 손녀를 보는 듯한 눈빛으로 스피를 바라봤다.

"치~, 부케는 제게 줘야 하는 거 아닌가요?"

소리아가 부케를 보면서 볼을 부풀렸다.

다른 사람의 행복을 자기 일인 것처럼 기뻐하는 그녀치고는 드문 일이었다.

필이 소리아를 위로했다.

"안심하세요. 소리아 님이라면 금방일 겁니다."

"저도 알아요. 그냥 조금 부러울 뿐이에요."

"그, 그리고, 소리아 님이 계신 곳에는 제가 있으니 언젠가는 저, 저도 어쩔 수 없이, 그래, 어쩔 수 없이, 지드 곁에……."

필의 눈이 힐끔힐끔 지드에게 향했다.

하지만 그녀의 말에 대답한 건 루이나였다.

"안심해라, 검성. 네가 쓸 개집 정도는 마련해주지."

"무슨……! 소리아 님도 뭐라고 해주세요~!!!"

떠들썩하게, 평온하게, 하루하루는 흘러갔다.

에필로그

신이 없는 시대의
황금의 나날

The Slave of the "Black Knights" is
Recruited by the "White Adventurer's Guild"
as a S Rank Adventurer

어느 날, 돌연 세상에서 신이 사라졌다.

사람들은 한탄하고 슬퍼하며 혼란의 소용돌이에 휘말렸지만, 그래도 세상은 계속 굴러갔다.

그리고 깨달았다. 설령 신이 없더라도 인간이 살아가는 한 역사는 계속 이어진다는 것을.

후세의 역사서에는 그런 격동의 시대를 산 위인들에 대한 아래와 같은 기술이 있다.

【지드】

출신 불명. 크제라 왕국 기사단에서 두각을 나타낸 후, 모험가 길드의 S랭크 모험가, 웨이라 제국의 제왕이 되었다.

온 대륙에 형성된 다양한 종족과의 인맥과 압도적인 무력으로 역사상 유례가 없는 장기간의 평화를 이룩했다. 그의 통치 시대에 마법과 매직 아이템이 폭발적으로 진보하여 '지성 혁명'이 일어나 '치세왕'이라고도 불린다. 많은 부인과 해로하고, 모든 부인 사이에 후계자를 둬서 '치성왕(治性王)'이라고도 불린다.

【쿠에나 웨이라】

웨이라 제국의 고귀한 혈통으로 태어났지만, 궁을 벗어나 모험가 길드로 들어갔다. 최종 랭크는 S랭크였다. 제왕 지드가 처음으로 사랑한 여성이며, 훗날에 부인이 된다. 지드와 나란히 서기 위해 온갖 방면에서 항상 향상심을 가지고 있었다. 전투에서는 항상 누구보다도 앞에 섰다. 언니인 루이나 웨이라와는 자주 다퉜다고 하나, 서로 생일 선물을 보내 '누가 상대를 기쁘게 할 수 있는가'라는 주제로 말다툼을 한 기록이 남은 것으로 보아, 사실은 사이가 좋았다는 설이 있다.

【루이나 웨이라】

웨이라 제국 제왕의 직계 혈통으로 태어났다. 제국을 최대 판도까지 확장해 인간 역사상 최대의 국가를 이룩했다. 후에 지드에게 제위를 양도하고 자신은 왕비의 자리에 오른다. 하지만 그 권세는 전혀 약해지지 않았으며, 대륙에서 그녀를 거스를 수 있는 자는 없었다. 동생인 쿠에나와는 견원지간이었다고 전해지지만, 쿠에나가 남편에게 생일 선물로 직접 만든 쿠키를 만들려고 했을 때, 귀중한 재료가 부족해지자, 루이나가 국고를 열면서까지 협력했다는 일화가 있다.

【실라 이슬라】

크제라 왕국의 무가에서 태어났다. 기사 학교를 수석으로 졸업한 후 크제라 기사단의 부단장으로 발탁되었다. 그러나 아버지가 모반을 일으키자, 실라는 이를 고발하였고, 기사단은 사실상 와해 되었다. 후에 무죄 판결을 받고 모험가 길드에 들어갔다. 최종 랭크는 S랭크지만, 모험가로서의 활약보다 지드를 내조하는 부인으로서의 기록이 더 많다. 휘하의 자녀 수가 부인 중에서 가장 많았다고 한다.

【소리아 에이든】

신성공화국의 사제 집안 출신. 치유 마법에 비할 데 없는 재능을 가져 '성녀'라 불렸다. 아스테라교의 필두사제를 역임했고, 아스테라교가 부정으로 인해 와해한 후에도 진·아스테라교의 필두사제를 맡았다. 또한 모험가 길드에 소속되어 S랭크 모험가도 겸임했다. 그 외에도 비영리 단체를 여럿 운영하고 있으며, 신성공화국 내의 정치에서 절대적인 영향력을 가졌었다. 그녀의 꾸준한 자선 활동으로 100만이 넘는 사람이 목숨을 구했다는 기록도 있다. 후에 지드의 부인이 되어 공식 석상에서 모습을 감추었지만, 뒤에서는 은은한 발언력을 가지고 있었다고 전해진다.

【필 에이지】

에이지 공국의 공주로 태어났으나, 어린 시절에 공국이 쿠데타로 멸망하면서 처형당할 위기에 놓였을 때, 소리아에 의해 구출되었다. 이후로 항상 소리아를 수행하였으며, 검술이 뛰어나 '검성'이라 불렸다. 수많은 나라에서 장군으로 초빙하였으나, 전부 거절했다. 이후에는 제왕 지드의 부인이 되었다. 결혼에 관해서는 논쟁의 여지가 있는데, 소리아의 수행에 따라서 결혼했다는 설과 본인이 바라던 결혼이었다는 설이 있다. 모든 부인 중 두 번째로 많은 아이를 두었다는 점은 후자의 근거가 되기도 한다.

【유이 무라쿠모】

동화국의 대공 가문 출신이었으나, 가문이 단절된 후에 모험가 길드에 들어갔다. 최연소로 S랭크에 이르러 웨이라 제국 은밀부대 대장과 제0군 군장을 역임했다. 지드의 부인이 된 후로는 눈에 띄는 활약이 없으나, 루이나가 가장 신뢰하는 자였다고 한다. 필 에이지가 엉뚱한 언동에 주의를 주고 실력 행사를 하는 경우도 있었다고 하나, 쉽게 받아넘겼다는 기록이 남아있다. 전투 실력이 인간 중에서는 제왕 지드에 다음가는 자였다고 한다.

【네림】

출신 불명. 어느 날 갑자기 나타나 모험가 길드에서 S랭크 모험가로 발탁되었다. 지드의 부인 중에서 발언력이 가장 강했다는 기록이 있으나, 이유는 알 수 없다. 유이 무라쿠모 이상의 실력자였다는 설이 있으나, 전투에 관한 기록이 너무 적어서 정확하지 않다. 과거, 최강의 검성으로 유명했던 '네림'과 동일인물이라는 설도 있으나, 공백 기간이 길어 확인할 방법이 없었는지, 자료는 남아있지 않다. 눈에 띄는 것을 싫어하는 성격이었으며, 그만큼 수수께끼가 많은 인물.

【에이겔】

마도권학, 마력방출학 등의 창시자. 지드의 관계자 중 가장 저명하면서 동시에 가장 불명한 인물. 매직 아이템의 발전을 천 년 앞당겼다는 천재로, 제출한 특허만으로 대륙 전체 자산 중 1할을 쥐었다고 한다. 훗날에 제왕 지드의 부인이 되었다. 원래 남자였다는 설이 있으나, 과거의 기록이 거의 없어 알 수 없다. 지드와 꼬치를 먹는 광경이 빈번하게 목격되었다고 한다.

【리프】

'현자'로서 마왕을 토벌하고 '길드'를 설립했다. 그녀가 창조한 마법만 100가지가 넘는다. 루이나 웨이라가 없었다면, 대륙에서 가장 영향력 있는 인물이 되었을 것이란 설이 있다. 제왕 지드와 결혼했다는 명확한 기록은 없으나, 누구보다 많은 시간을 함께 보냈다고 한다. 어느 때를 기점으로 소식이 뚝 끊겼지만, 태양에 비친 지드의 그림자 속에서 리프를 봤다는 목격 정보가 있는 등, 수수께끼와 전설이 가득하다.

【스피】
　민주주의 체제에 기반한 대륙 통일 정부를 수립한 인물. 어려서부터 단련된 정치적 수완과 실적, 카리스마로 오랫동안 민중의 지지를 받았다. 그러나 양친이 마족에 의해 살해당한 과거가 있는 탓인지, 사생활이 철저하게 비밀에 감춰져 기록이 없다. 또한 아스테라교에 관련된 행동에는 평가가 갈리고 있다. 훗날에 자녀로 보이는 검은 머리 아이를 데리고 다녔다고 하나, 이 또한 자세한 점은 불명.

　……그 외.

◇

　나는 무덤 앞에 섰다.
　수많은 정보를 추적해 겨우 내 세상의 부모님을 찾아냈다. 얼굴은 기억나지 않지만, 이들이 날 낳아준 건 확실하다.

내 세상이 바뀐 건 그 악덕 기사단에서 스카우트되어 모험가가 되면서부터지만, 내가 이 세상을 볼 수 있었던 건 부모님 덕분이다.

만나보고 싶다. 이야기도 해보고 싶다. 그러니 지금이라도 이렇게 무덤 앞에서 손을 맞댄다. 마음이 통하는 것 같은 느낌이 드니까.

둘 다 보고 있을까. 새 가족이 생겼어. 나의 소중한 사람들이야. 부디 앞으로도 지켜봐 줬으면 좋겠어.

후기

안녕하세요, 지오입니다.
드디어 최종권입니다.

길었습니다. 서적판으로 생각하면 3년 정도겠군요.
3년이면 중학교나 고등학교 교육 기간에 맞먹는 수준인데, 고등학교 1학년 때부터 함께하신 분은 대학생이 되셨을까요?

역시 기네요. 그만큼 제 추억도 많습니다.
예를 들면.
전 좀처럼 집필하고 있다는 사실을 이야기하지 않습니다만(부모님도 제목은 모릅니다), 술자리에서 무심코 친구에게 '사실은 쓰고 있다'고 밝힌 적이 있습니다.
그랬더니 고백 대회가 열렸고, 사실은 그 친구도 부업으로 만화를 그리고 있었습니다. 그것도 19금인 만화고, 신세를 진 적이 있는 작가였습니다. 상당히 유명인이라 깜짝 놀랐습니다.
그 이후로 그 녀석의 얼굴이 아른거려……. 이건 사랑일까.

자 그럼 농담은 이만하고, 해야 할 말이 있죠.

지금 돌이켜보면 참 많은 분께 도움을 받았습니다.

우선 담당 편집자님. 전 상당한 문제아였다고 생각합니다. 그런데도 끈기 있게 1권부터 여기까지 함께해 주셨습니다. 감사합니다!

그리고 처음부터 마지막까지 훌륭한 일러스트를 그려주신 유우야 선생님. 정말로 이 작품의 대부분은 선생님의 힘이라고 생각합니다. 감사합니다!

만화를 담당하고 계신 햄 후쿠로우 선생님. 박력 있는 그림뿐만 아니라 확장된 이야기도 엄청 동기부여가 되고 있습니다. 감사합니다!

그 외에도 많은 분의 힘이 있었기에 여기까지 올 수 있었습니다. 감사합니다!

무엇보다 여기까지 함께해 주신 독자 여러분, 정말 감사합니다!

THE SLAVE OF THE "BLACK KNIGHTS" IS RECRUITED BY THE "WHITE ADVENTURER'S
GUILD" AS A S RANK ADVENTURER Vol.9
©2023 Jio
First published in Japan in 2023 by OVERLAP, Inc.
Korean translation rights reserved by Somy Media, Inc.
Under the license from OVERLAP, Inc., Tokyo JAPAN

악덕 기사단의 노예가 착한 모험가 길드에 스카우트 되어 S랭크가 되었습니다 9

2024년 7월 15일 1판 1쇄 발행

저   자 지오
일 러 스 트 유우야
옮 긴 이 박정철
발   행   인 유재옥
이   사 조병권
출판본부장 박광운
편 집 2 팀 정영길 박치우 정지원 조찬희
편 집 3 팀 오준영 권진영 이소의
디자인랩팀 김보라
디지털사업팀 박상섭 김지연 윤희진
라이츠사업팀 김정미 맹미영 이윤서
영업마케팅팀 최원석 박수진 이다은
물   류   팀 허석용 백철기
경영지원팀 최정연
인쇄제작처 ㈜코리아피엔피
발   행   처 ㈜소미미디어
등   록 제2015-000008호
주   소 서울시 마포구 토정로222, 403호 (신수동, 한국출판콘텐츠센터)
판매 및 마케팅 (070) 8822-2301

ISBN 979-11-384-8195-3
ISBN 979-11-384-7880-9 (세트)